Freche Flirts & Liebesträume

Bianka Minte-König

Freche Flirts & Liebesträume

Thienemann

Kapitel 1
Ich bin nicht mehr ich!

»Hallo?! Kennen wir uns?«

Mein Gegenüber grinste etwas verlegen.

Die blauen Augen, die langen blonden Haare, die Nase und der halbherzig lächelnde Mund – das alles kam mir schon ziemlich bekannt vor, aber …

»Deine Jeans hat Hochwasser«, sagte ich und starrte peinlich berührt auf ein Paar nackte Füße, über denen eine hellblaue Jeans tatsächlich fast zehn Zentimeter zu früh endete.

Komisch, war mir bisher gar nicht so aufgefallen, aber seit der Klassenfahrt nach den Sommerferien war sowieso alles anders.

»Du bist gar nicht Kati«, sagte ich. »Du bist eine Bohnenstange, ein unförmiges Wesen, dem seine Jeans um die Körpermitte herum zu weit und an den Beinen zu kurz sind. Deine Arme sind für deine Sweatshirts zu lang und allenfalls an Po und Busen hast du Ähnlichkeit mit Kati. Das sind aber auch die einzigen dicken, runden Dinge an dir.«

Klar, dass das überhaupt nicht zur sonstigen Erscheinung meines Gegenübers passte. Eine Bohnenstange mit dicken runden Dingern vorne und hinten. Das war ja zum Mäusemelken. Ach was, das war nicht mal mehr lustig, sondern einfach nur schrecklich! Wer wollte denn so herumlaufen? Ich jedenfalls nicht! Wie konnte ein Mensch sich nur plötzlich so verändern. Ich war ja gar nicht mehr ich!

Ein grottentiefer Seufzer hallte schaurig von den weiß gekachelten Wänden zurück. Nein, ich war nicht im Leichenschauhaus, sondern nur im Badezimmer unserer gemütlichen Altbauwohnung. Ich stand vor dem großen, raumhohen Spiegel und starrte erschüttert mein Spiegelbild an. Klar, diese ganzen Veränderungen waren nicht von gestern auf heute passiert, aber sie waren doch eher schleichend vor sich gegangen und mir darum nicht so wirklich aufgefallen – jedenfalls nicht in ihrer ganzen umfassenden Schrecklichkeit. Die nahm ich heute zum ersten Mal richtig wahr. Natürlich hatte ich nach den Sommerferien bemerkt, dass der Bund der Jeans irgendwie lockerer saß, und meine Mutter Felix, die sonst immer darauf achtete, dass ich nicht zu viel Süßes aß, hatte mir vor einigen Tagen Schokoküsse mitgebracht. Nicht nur einen, nein, eine ganze Schachtel, und dabei sagte sie: »Lass sie dir schmecken!« Schokoküsse waren die absoluten Kalorienbomben, die durfte ich eigentlich nicht mal von Ferne ansehen, wenn ich nicht zunehmen wollte. »Du musst weniger naschen, Kati«, hatte meine Mutter immer gesagt, und zwar seit ich auf der Welt war, denn ich war ein extrem guter Futterverwerter und schon die Muttermilch hatte aus mir ein ziemlich rundliches Baby gemacht. Bereits da hatte ich den Speck angesetzt, den ich mein Leben lang nicht mehr losgeworden war. Tja, bis jetzt jedenfalls. Denn auch mein Vater, der von Beruf Heilpraktiker war, murmelte neuerdings etwas von einem »wachsenden Körper«, der »Nahrungsergänzungsmittel« bräuchte, und stellte mir Vitamin- und Mineralstoff-Präparate neben die Müslischüssel auf den Frühstückstisch.

Aber, wie schon gesagt, das hatte ich nicht so ernst genommen. Als Kiwi mich jedoch auf der Klassenfahrt eine Bohnenstange genannt hatte, da war ich doch etwas irritiert gewesen. Ja, es hatte mich sogar regelrecht nachdenklich gemacht.

»Bin ich eine Bohnenstange?!«, hatte ich meine besten Freundinnen Hanna und Mila gefragt. »Was soll das überhaupt sein?«

Hanna kicherte. »Bohnenstange ist ein etwas veralteter Ausdruck für lange dürre Menschen, lange Latte oder so.« Sie kicherte weiter und mir verschlug es erst mal die Sprache. Litt Kiwi an Bewusstseinstrübung?

»Wo bin ich denn lang und dünn?«

Jeder, der mich kannte, musste meine Verwirrung verstehen. Seit dem Kindergarten war ich immer die kleine, mollige Kati gewesen, die stets ein paar Pfunde zu viel am Po und um die Körpermitte hatte. Süß war die Kleine, mit den glänzenden blauen Augen und den goldenen Haaren – aber dennoch zu dick. Omas Wonneproppen, aber das Gespött der anderen Kinder. Zum Beispiel in der Turnstunde, wenn ich nicht ans Reck ranreichte oder mit meinem Po auf dem Bock kleben blieb. Es war noch gar nicht so lange her, dass Sprinter in der Skifreizeit gelästert hatte: »Wenn Kati ihren dicken Po nicht ganz so dicht an den Slalomstangen vorbeischwingen würde, hätten die vielleicht mal 'ne Chance stehen zu bleiben.« Hatten sie damals noch nicht und nach jeder Slalomfahrt von mir musste der halbe Parcours wieder neu abgesteckt werden. Natürlich waren damals alle, auch Kiwi, dieser Lachsack, in lautes Gelächter ausgebrochen und ich hatte mich beleidigt hinter die nächste Schneewehe verzogen. So peinlich war mir das. Aber das war ja nun Schnee von gestern.

Konnte es sein, dass ein Mensch in der Pubertät in kurzer Zeit so gewaltig wuchs? Ich löste meinen Blick vom Spiegel und trat ans Waschbecken. Zähne putzen, Haare bürsten, fertig. Noch im Bademantel setzte ich mich an den Frühstückstisch, wo neben meinem Gedeck Papas Nahrungsergänzungspillen auf mich warteten.

»Ich bin nicht mehr ich«, sagte ich ohne Vorwarnung und meine Eltern sahen mich erschüttert an. Meine Mutter, von mir nur kurz Felix gerufen, stellte das Milchkännchen mit einem Knall auf den Tisch. »Äh, also, ich meine … findet ihr denn nicht auch, dass ich mich … also … äh … verändert habe?«

Felix' verschreckter Blick wich einem warmen Glanz in ihren Rehaugen und sie lachte ein kleines, erleichtert klingendes Lachen, während Papa sagte: »Klar, aus einem Entlein ist ein Schwan geworden.«

Na, wenigstens hatte er nicht »hässliches Entlein« gesagt, aber auch so – das Beispiel war ja wohl maßlos übertrieben, jedenfalls nicht objektiv. Hm, nach Papa und Kiwi müsste ich ja dann ein Schwan sein, der eine Bohnenstange verschluckt hatte – also ziemlich arm dran. Und so fühlte ich mich auch.

»Ich bin total gewachsen«, sagte ich frustriert, weil ich noch über den Bohnenstangen-Schwan-Vergleich nachgrübelte.

Papa schluckte das Stück vom Croissant herunter, auf dem er gerade herumkaute, und meinte dann: »Das ist unleugbar. Ein wirklich rasanter Wachstumsschub. Tja, die Pubertät ist eine sehr dynamische Lebensphase.« Und Felix ergänzte: »Ich habe schon nach den Ferien überlegt, dass es an der Zeit wäre, dich mal wieder komplett neu einzukleiden. Deine Jeans und die Sweatshirts sind wirklich reichlich knapp geworden.«

»Und warum sagt mir das keiner?« Leicht panisch fragte ich mich, ob ich wirklich mit Hochwasserhosen in der Schule herumgelaufen war. Wie konnte meine Mutter das zulassen! Hatte sie nicht so was wie eine Fürsorgepflicht? Das hieß doch wohl auch, dass ich ordentlich gekleidet zur Schule geschickt wurde. »Wieso lasst ihr mich so zur Schule gehen? Mit viel zu kurzen Klamotten?«

Wie schrecklich peinlich war denn das.

»Aber Kati, bis jetzt ist das doch gar nicht aufgefallen. Du hast bis vor wenigen Tagen noch Sommersachen getragen, Röcke, halblange Hosen und kurzärmelige T-Shirts – da sieht man das doch gar nicht so. Allerdings war mir schon klar, dass du für den Herbst neue Sachen brauchst.« Sie lächelte lieb. »Ich freue mich schon aufs Shoppen.«

Hm, wenn sie mich so ansah, dann konnte ich ihr gar nicht mehr böse sein und sie hatte außerdem auch recht. Erst an diesem Wochenende, als es plötzlich kühler geworden war, hatte ich die langen Hosen aus dem Schrank geholt und heute morgen zu meinem Entsetzen festgestellt, dass ich in nichts mehr reinpasste. Liebes Lieschen!

»Ist so was denn normal?«, fragte ich meinen Vater.

»Natürlich, oder hast du Schmerzen in den Knochen? Das könnte auf einen Mineralstoffmangel hinweisen, da müssten wir dann was dagegen tun, vielleicht …«

»Nein, nein«, blockte ich ab, weil ich erstens keine Wachstumsschmerzen hatte und zweitens ohnehin schon reichlich mit seinen Aufbaupräparaten vollgestopft wurde.

»Bachblüten vielleicht …«, schlug Felix noch vor, »… falls du doch mal Schmerzen in den Gelenken haben solltest …«

Ich stoppte sie, bevor sie noch mit irgendwelchen geheimen Kräutertees aus ihrem Esoterikshop ankam: »Nein, habe ich nicht, weder Schmerzen in den Knochen noch in den Gelenken.« Und bei mir dachte ich, dass ich die aber vermutlich bald im Kopf haben würde, denn der tat sich ziemlich schwer damit, diesen Schreck in der Morgenstunde zu verarbeiten. Und auch mein Herz tat etwas weh, denn ich fragte mich, ob mein verändertes Aussehen vielleicht der Grund dafür war, dass mein Freund Tobi sich total seltsam benahm. Er war seit der Klassenfahrt gar nicht mehr so aufmerksam und nett zu mir wie sonst. Stattdessen schwänzelte er dauernd hinter Frau Frühauf, unserer jungen und zugegebenermaßen attraktiven Biolehrerin, her. Konnte es sein, dass er nicht auf Bohnenstangen stand?

»Ihr seid vielleicht Freundinnen«, sagte ich noch vor der Schule ein wenig beleidigt zu Mila und Hanna, als ich sie am Altstadtmarkt an der Bushaltestelle traf. »Warum sagt mir keiner, dass ich aussehe wie ein Alien und herumlaufe wie eine Vogelscheuche?!«

»Wie bitte?« Hanna sah mich perplex an und Mila tippte sich an die Stirn. »Haste da einen Schaden?«

»Keine von euch hat gemerkt, dass mir meine Klamotten nicht mehr passen. Ich mach mich zum Vollhonk und keiner sagt es mir. Ist das vielleicht Freundschaft?!«

»Wovon redest du?«

»Dass ihr jeden Pickel in euren Gesichtern dramatisiert, aber nicht merkt, wenn eure beste Freundin zum Alien mutiert.«

»Quatsch! Übertreib nicht!«

»Ach, ich übertreibe?! Und warum haben meine Jeans dann Hochwasser?«

Mila zuckte mit der Schulter und Hanna meinte:

»Das ist doch normal, wenn man wächst. Hast du das denn nicht schon in den Sommerferien gemerkt?«

Ich schüttelte den Kopf. »Nee, wie denn, bin ja die ganze Zeit nur im Kleid und mit kurzen Hosen herumgelaufen. Erst heute morgen ist es mir überhaupt aufgefallen, dass ich so wahnsinnig gewachsen bin.«

»Na sauber«, sagte Mila. »Mit uns meckerst du und selber hast du auch nichts mitgekriegt. Wir stecken ja wohl am wenigsten in deinem Körper.«

Hanna blieb einen Moment stehen und betrachtete mich von Kopf bis Fuß. Da ich die zu kurzen Jeans in die Stiefel gesteckt hatte, bemerkte sie natürlich die Tragik des Geschehens nur teilweise und tat gerade so, als ob es etwas Positives wäre.

»Echt, wo du es jetzt sagst, fällt es mir auch auf. Musst in den Sommerferien ja wirklich einen ordentlichen Schuss gemacht haben.« Sie grinste. »Steht dir aber.«

»Häh?« Ich merkte, wie ich rot anlief.

»Doch, siehst gut aus«, meinte auch Mila. »Größer, schlanker – wolltest du doch immer sein.«

Hanna schob mich weiter in Richtung Schule. »Glaub mir, wenn es nicht ganz normal und gut aussehen würde, hätten wir längst was gesagt. Dann wäre es uns auch eher aufgefallen. Wirklich, es passt schon.«

Passt schon! Na wunderbar, damit war die Sache für meine Freundinnen mal wieder erledigt. Ob es mir passte und wie ich mit so einem veränderten Körper klarkam, das war ihnen offenbar schnuppe.

»Es gibt Leute, denen scheint es aber gar nicht zu passen«, sagte ich etwas verschnupft, als ich Tobi am Schultor stehen sah.

»Versteh ich nicht.« Hanna sah mich fragend an. »Von wem sprichst du?«

Ich deutete mit einem Kopfnicken zum Schultor und zu Tobi rüber.

»Tobi?«, flüsterte Hanna verwundert, damit er nichts mitkriegte, was ich von ihr sehr taktvoll fand. »Was sollte denn dem daran nicht passen?«

Ich zuckte die Schultern. Im selben Moment rauschte Frau Frühauf mit ihrem alten, jeansblauen Sportwagen an uns vorbei auf den Lehrerparkplatz. Tobi spritzte hinterher und riss ihr, kaum dass sie die Zündung abgestellt hatte, die Fahrertür auf. Zwei lange, wohlgeformte Beine schwangen sich aus dem niedrigen Sportwagen. Ich wandte mich ab.

»Er liebt mich nicht mehr!«, sagte ich verzweifelt. »Ich bin ihm garantiert zu dünn!«

In der Mathestunde bei Rumpelstilzchen dachte ich über die Absurdität des Lebens nach. Da hatte Tobi mich als einziger Junge trotz oder vielleicht grade wegen meiner etwas rundlichen Formen geliebt und nun waren diese rundlichen Formen dabei, fast völlig zu verschwinden. Was lag da näher als die Befürchtung, dass mit ihnen auch seine Liebe schwinden würde?!

Offenbar standen mir meine Gedanken und Gefühle mal wieder vollkommen ins Gesicht geschrieben, denn Mila steckte mir einen Zettel zu: *Du spinnst!* Und Hanna schob wenig später ebenfalls einen hinterher: *In Deinem Kopf läuft etwas schief. Wir müssen reden.*

Beide Zettel fing Mathelehrer Rumpelstilzchen ab und verlas sie laut vor der Klasse. Worauf Hanna zischte: »Wenn der mir noch mal verschlammt im Moor über den Weg läuft, lasse ich ihn versacken! Soll er doch 'ne schöne Moorleiche abgeben.«

»Du spinnst! In deinem Kopf läuft etwas schief …«, las er mit süffisantem Grinsen und dabei nickte er. »Dem ist nichts hinzuzufügen«, brummte er, knüllte die Zettel zusammen und warf sie in den Papierkorb. »Entspricht ganz meiner Meinung.«

Wieherndes Gelächter besonders mal wieder bei Knolle und Kiwi. Rumpelstilzchen baute sich sofort vor den beiden auf und schob die Daumen in seine Westentaschen. Er wippte zweimal auf den Füßen rauf und runter und bellte dann: »Es ist ein Jammer, dass in der Pubertät offenbar das Gehirnwachstum mit dem Körperwachstum nicht Schritt hält. Wofür ihr beide der lebende Beweis seid. Fasst euch also an die eigene Nase, statt euch über andere lustig zu machen, oder wollt ihr euch nach der Stunde eine Sonderaufgabe abholen?«

Beiden blieb das Lachen im Hals stecken und ich dachte, dass Rumpelstilzchen ausnahmsweise mal recht hatte. Zumindest was mich betraf, schien mein

Gehirnwachstum wirklich etwas hinterherzuhinken. Und ganz mechanisch schrieb ich in mein Matheheft einen Satz der Herzkönigin, der mich bei *Alice im Wunderland* sehr beeindruckt hatte: *Ab mit dem Kopf!* War ja scheinbar eh zu nichts nütze. Natürlich sah Rumpelstilzchen auch das und blickte mich finster an. »Ich hoffe, du hast nicht meinen gemeint!«, sagte er und seine Stimme klang bedrohlich. Ich schüttelte hastig das Corpus Delicti. »Äh, ne, nein ... auf keinen Fall ...«

»Nun gut, bei Kilian und Karl müsste man ja keinen großen Verlust beweinen. Dennoch, entferne das! Es hat in einem Matheheft nichts verloren.«

Ich kramte hastig den Tintenkiller hervor und löschte den Kopf-ab-Spruch aus. Hatte ja echt hier nichts zu suchen.

Ansonsten ging Mathe eigentlich noch, denn trotz Rumpelstilzchens negativer Meinung von meinem Gehirnwachstum war ich da ziemlich gut. Irgendwann in der Siebten war mal der Knoten geplatzt und ich begann die Sprache der Zahlen zu verstehen, die mir vorher wie ein unverständlicher Geheimcode erschienen war. Und als ich später für Brian ein bisschen Nachhilfelehrerin spielte, da wurde mir durch das Erklären für ihn selbst manches klarer. Wie gesagt, Rumpelstilzchen war nicht wirklich ein Problem. Schlimmer war da schon Biologie bei Frau Frühauf. Eigentlich hatte ich sie am Anfang sehr gemocht, denn sie war endlich mal jung und hübsch und nicht so alt und vertrocknet wie viele andere unserer Lehrer. Old McDonald, unser Musiklehrer, zum Beispiel und Frau Kempinski, unsere Deutschlehrerin … Obwohl, so vertrocknet waren die dann auch wiederum nicht. Dank unseres Liebespunsches am Liederabend hatten sie sogar zueinander gefunden, geheiratet und ein quicklebendiges und süßes Baby in die Welt gesetzt. Dennoch, Frau Frühauf war hundert Jahre jünger, frisch aus dem Referendariat und es war ihre erste Stelle bei uns. Klar, dass sie bei vielen Klassenfahrten als Begleitung zugeteilt wurde, das gaben die älteren Kollegen gerne an die jüngeren ab und wer fuhr schon freiwillig mit Rumpelstilzchen und Sprinter in eine Freizeit? Doch nur ein Neuling im Kollegium, der die Kollegen und ihre Marotten nicht kannte. Erst hatte ich das ja supertoll gefunden und bei der Skifreizeit war es mit ihr auch noch ganz lustig. Aber bei der Harzexkursion mit Rumpelstilzchen waren die Jungs plötzlich alle ganz seltsam, standen spätabends noch quarzend unter Frau Frühaufs Fenster herum und bespannerten sie bei jeder Gelegenheit. Okay, sie sah schon ziemlich gut aus, aber deswegen mussten die Kerle doch nicht gleich rollig werden.

Kiwi und Knolle trieben es besonders toll, und als sich Kiwi bei einer botanischen Wanderung laut darüber Gedanken machte, was Frau Frühauf wohl unter ihrem schicken Pulli und der engen Hose trug, da fand ich das Getue der Jungs einfach nur noch eklig.

»Die haben ja einen Schaden«, sagte ich zu Tobi

und zog ihn weg. Aber er grinste nur und meinte: »Sie hat echt leckere Brötchen.« So ein Hirni!

Gut, nach zwei Tagen hatten sich die Jungs an ihre Anwesenheit gewöhnt und wir hatten bei Pyjama-Partys und *Tat oder Wahrheit* unseren Spaß, aber als dann nach den Herbstferien die Schule wieder anfing, ging der Schwachsinn gleich wieder los. Das hing natürlich damit zusammen, dass wir in Biologie Sexualkunde auf dem Stundenplan stehen hatten. Das Thema kam ja in regelmäßigen Abständen immer mal wieder dran. Im Kindergarten wurden Bilderbücher mit dicken Babys in kugelrunden Mamabäuchen vorgelesen, in der Grundschule auf dem Umweg über die Blüten und die Bienen der Weg der Samen zur Eizelle geklärt und in der Sechsten über die äußeren Merkmale der Geschlechtsreife in der Pubertät gesprochen. Worauf dann jeder auf Achselhaare oder Ähnliches lauerte. Nun stand die Biomechanik des Zeugungsaktes und dessen Verhütung im Vordergrund. Liebes Lieschen, dachte ich, als Frau Frühauf mit einer ganzen Kiste künstlicher Penisse auflief. Und als sie auch noch eine originalgetreu nachgebildete Vagina auf das Lehrerpult stellte, wurde mir regelrecht schlecht.

Aber nicht nur mir. Auch Tobi sah total grünlich im Gesicht aus und Vanessa meinte leicht angewidert: »Sind Sie sicher, Frau Frühauf, dass es sich bei Ihren Modellen um Unterrichtsmaterialien handelt, die vom Kultusministerium genehmigt sind?«

»Die hat sie im Sexshop gekauft«, blubberte Kiwi gleich los, und da er den Katalog dieses Ladens vermutlich auswendig konnte, schien das nicht mal so unwahrscheinlich.

Frau Frühauf aber lachte nur völlig locker und meinte: »Gute Idee, Kiwi, aber solche Lehrmaterialien führen die da leider noch nicht.«

Sie hob das Kistchen mit den Penismodellen hoch. »Hier drin ist allerdings einiges, was ich speziell für unsere Sexualkundestunden in einem Sexshop erstanden habe. Großpackungen mit Kondomen, zum Beispiel, sind da einfach viel günstiger zu bekommen.«

Sie wandte sich an Kiwi und sagte mit listigem Lächeln: »Ach, Kiwi, da du ja an der Quelle zu sitzen scheinst, wenn die hier alle sind, könntest du uns doch mal Nachschub besorgen. Lass dir aber den Großhandelspreis und Mengenrabatt geben.«

Kiwi kriegte knallrote Ohren und wir alle brachen in prustendes Gelächter aus. Vermutlich hatte sich jeder genau wie ich Kiwi beim Großeinkauf im Sexshop vorgestellt, wie er schamrot angelaufen an der Kasse um den Mengenrabatt bat und die Verkäuferin sagte: »Wow, so ein reges Sexleben traut man einem Typen wie dir auf den ersten Blick gar nicht zu …«

Okay, das waren die lustigen Seiten von Frau Frühauf und des Sexualkundeunterrichts bei ihr. Weniger lustig war, dass Tobi immer noch wie ein rolliger Straßenköter hinter ihr her rannte. Lud ich ihn ein, mit mir in der großen Pause das Frühstück zu teilen, wie wir es früher immer getan hatten, dann hatte er dazu stets dann keine Zeit, wenn wir vorher Bio gehabt hatten. »Ich habe Frau Frühauf versprochen, ihr beim Aufräumen zu helfen«, war meist seine Standardantwort. Und genauso war es auch heute.

»Kann die ihre peinlichen Teile nicht selber wegpacken?«, reagierte ich ziemlich sauer. Das musste Tobi doch unangenehm sein, mit so einem Zeug zu hantieren, wenn er mit ihr alleine im Biosaal war. Ich hätte mich jedenfalls total fremd geschämt, wenn unser früherer Bioreferendar Pit Winter in meiner Gegenwart so ein Zeug wegsortiert hätte.

»Könnte sie«, meinte Tobi aber nur, »doch ich habe es ihr versprochen.«

»Und warum versprichst du ihr so was?«

»Weil ich den Ordnungsdienst übernommen habe, darum.«

Er sah mich nun misstrauisch an. »Ist was? Du bist so komisch in letzter Zeit.«

Der hatte ja wohl einen an der Waffel. »ICH bin komisch????!«, platzte es verblüfft aus mir heraus. »Wo bin ich denn komisch?«

Tobi wirkte nun etwas verlegen. »Na ja, nicht direkt komisch, aber ... äh ... du ... also, ich finde, du hast dich irgendwie verändert.«

»Du aber nicht, oder wie?«

Wir starrten uns beide kampflustig an. Himmel, was ging denn hier ab? Das, das hatte ich doch gar nicht gewollt. Es stimmte ja, dass ich mich verändert hatte, aber das war ganz und gar kein Grund, sich gegenseitig runterzumachen, das war doch alles nur wegen der Pubertät, wie selbst Frau Frühauf gesagt hatte, und niemand konnte was dafür und es war doch auch gar nicht schlimm ... oder?

War es doch. Typen in der Pubertät sind offenbar total irrational. Jedenfalls sagte Tobi: »Du kannst deine Brötchen alleine essen, wenn es dich stört, dass ich Frau Frühauf ein bisschen helfe. Außerdem ist es völlig egal, ob ich in Formaldehyd eingelegte Eidechsenembryonen wegräume oder Utensilien aus dem Sexualkundeunterricht. Es sind nur eure albernen Fantasien, die darin einen Unterschied sehen.« Er drehte sich um. »Und im Übrigen finde ich eine Freundin doof, die mir hinterherspioniert.«

Weg war er und ich stand ja so was von blöd im Schulflur vor dem Biosaal herum. Da machte es auch nichts mehr, dass wenig später die Saaltür aufflog und Frau Frühauf in gewohnt eiligem Schritt herauspurtete und mich fast über den Haufen rannte. Wir krachten ganz schön zusammen, und als wir zu Boden gingen, platzte eine der Kondomgroßpackungen auf und verstreute um uns herum ihren gesamten Inhalt. Natürlich musste genau in dem Moment Markus mit Mila um die Ecke kommen. Beide brachen in Gelächter aus und Markus meinte in seiner trockenen Art: »Hat es hier Präser geregnet?« Er beugte sich runter, hob eins der Tütchen auf und steckte es Mila zu: »Pack es zu deinen

Tampons, man weiß ja nie, ob man's nicht mal braucht.«

Die aber ließ es fallen wie eine heiße Kartoffel und sagte frech: »Wenn Mann es braucht, sollte Mann es auch bei sich haben! Leg dir doch selbst einen Vorrat an.«

Frau Frühauf hatte sich inzwischen wieder aufgerappelt und Tobi, der wohl den Krach unseres nicht ganz geräuschlosen Sturzes im Bioraum gehört hatte, kam nun ebenfalls hinzu. Natürlich machte er sich gleich eilfertig über die kleinen Tütchen her, sammelte sie ein und stopfte sie wieder in die aufgeplatzte Plastikumhüllung der Großpackung.

Wie der mich im Moment annervte! Ich hakte mich darum bei Mila unter, zerrte sie von Markus weg und sagte mit einem etwas gekünstelt klingenden Lachen: »Komm, wir gehen in die Pause, die Jungs können sich ja mal von Frau Frühauf erklären lassen, wer für die Verhütung zuständig ist.«

Als wir Hanna auf dem Schulhofmäuerchen sitzend unser Erlebnis berichteten, musste sie natürlich auch erst mal total lachen. Sie hatte sich im Gegensatz zu mir überhaupt nicht verändert. Noch immer trug sie ihre roten Haare ziemlich kurz geschnitten und ihr Outfit war lässig sportlich. Nur ihre Brille tauschte sie von Zeit zu Zeit gegen Kontaktlinsen, weil es beim Sport und im Scheinwerferlicht der Bühne praktischer war. Ja, Hanna stand jetzt oft auf der Bühne im Jugendzentrum B248, denn sie sang nun regelmäßig in Brians Band und eine erste CD bereitete sie mit denen auch schon vor. Milas Vater war ja Musikagent und hatte die Gruppe nach dem letzten Schulfest gecastet und ihnen bei der Aufnahme einer Demo-CD in Berlin richtig Mut gemacht. »Wenn wir ordentlich reinhauen beim Üben, klappt es vielleicht bald mit einer echten CD für den Markt«, hatte Brian damals gemeint.

»Ich war eben im Schülerrat«, drang Hannas Stimme in meine Gedanken, »und da wurde beschlossen, dass wir noch vor Weihnachten einen Musikabend machen wollen. Jede Klasse und die musischen AGs sollen einen Beitrag leisten. Ich bin in den Festausschuss von Schülern und Lehrern gewählt worden; da wird in nächster Zeit wohl eine Menge Arbeit auf mich zukommen.«

Das war mal wieder typisch Hanna. Bei solchen Sachen konnte sie einfach nicht Nein sagen. Nicht ohne Grund war sie nun schon wieder unsere Klassensprecherin. Aber auch wenn sie mir etwas leidtat, es war ja schließlich ihre eigene Entscheidung, und da ein Musikabend eigentlich eine Art Schulfest war, fand ich diese Nachricht supertoll und es sprudelten auch gleich ein paar Ideen aus mir heraus.

»Du singst doch bestimmt in Brians Band, Hanna«, sagte ich begeistert und zu Mila gewandt meinte ich: »Wir sind doch beide in der Tanzsport-AG bei Frau Berger, da könnten wir doch für den Musikabend eine kleine Performance in Modern Dance vorbereiten.«

Ich sprang aufgeregt vom Mäuerchen und shakte ein paar Mal meinen Body in einem imaginären Rhythmus. »Das wäre sooooo cool!« Ich dancte Mila an und die hüpfte ebenfalls von der Mauer und gemeinsam improvisierten wir ein paar Schritte aus der letzten Choreo und sangen dabei falsch, aber enthusiastisch: »Let's get loud, let's get loud …!«

Gerade in dem Moment musste natürlich Vanessa, unsere Klassenzicke, mit ihrer Busenfreundin Carmen, die kein Stück besser war, an uns vorbeigehen und natürlich war sofort ihre Neugier geweckt. Sie schielte zu uns rüber und sagte in abfälligem Ton und mit ihrer üblichen Tussen-Kreischstimme: »Sag mal, Carmen, sind das die Auswirkungen der Pubertät auf das Gehirn, die Rumpelstilzchen meinte, oder proben die hier für irgendwas?«

Carmen war mehr der direkte Typ, darum fragte sie: »Probt ihr für irgendwas?« Und ohne unsere Antwort abzuwarten, fügte sie hinzu: »Für was denn?«

Wir sahen uns kurz an.

»Was geht's euch an?«, blockte Mila aber schon.

»Ist ja gut«, zischte Vanessa giftig. »Man wird ja wohl mal fragen dürften, warum ihr euch hier so zum Affen macht?!«

Sie hakte sich bei Carmen unter und zog sie mit den Worten weg: »Lass die kleinen Mädchen doch, die brauchen halt ihre Geheimnisse!«

Shit, der Punkt ging an sie, was Mila sichtlich ärgerte.

»Ich finde es ja eine coole Idee mit der Tanzperformance«, sagte sie, »aber du hast wohl vergessen, dass Vanessa auch in der Tanz-AG ist. Du glaubst doch nicht, dass ich mit der freiwillig irgendetwas zusammen mache, so wie die drauf ist.«

Hm, da hatte sie recht. Berauschend fand ich den Gedanken auch nicht grade. Andererseits konnte man sich ja von so einer Zicke nicht den Spaß an der Freude klauen lassen und so sagte ich optimistisch: »Wir können bestimmt Gruppenarbeit machen und dann wählen wir eben eine Gruppe ohne Vanessa.«

Frau Berger sah das allerdings anders.

»Eure Idee, beim Musikabend auch eine Tanzperformance zu präsentieren, gefällt mir sehr, aber mehr als eine Choreografie kriegen wir vor Weihnachten auf keinen Fall hin. Außerdem ist die Gruppe nicht so groß, dass man sie teilen müsste.«

Na sauber, da hatten wir ja Vanessa und Carmen komplett am Hacken kleben. Obwohl mir das ebenfalls nicht gefiel, versuchte ich Mila zu trösten: »Mach dir nichts draus, die tanzen wir doch an die Wand. Carmen hat bis jetzt jede Choreo versemmelt und Vanessa ist so musikalisch wie 'ne Küchenschabe.« *La cucaracha, la cucaracha!!*

Dass ich mich darin von ihr nicht wirklich gravierend unterschied, verdrängte ich in dem Moment mal kurz. Aber ich war schließlich nicht ohne Grund vom Chor in die Tanz-AG gewechselt. Irgendwann war unserem Musiklehrer Old Mc-

Donald nämlich der Geduldsfaden gerissen und er hatte mich auf elegante, aber deutliche Art rausgeschmissen.

»Kati, du bist ein wunderhübsches Mädchen«, hatte er gesagt, »aber als der Herrgott die musikalische Begabung ausgeteilt hat, da muss er an deiner Wiege wohl vorbeigegangen sein. Ich wette, du hast dafür andere Talente geschenkt bekommen. Sei doch so gut und bilde die weiter aus. Es gibt außer dem Chor noch viele Möglichkeiten, sich in AGs zu engagieren.«

Erst war ich total geschockt und heulend aufs Klo geflüchtet, aber dann hatten Mila und Hanna mich solidarisch wieder aufgebaut. Sie hatten im Waschraum auf mich gewartet, und als ich sie dort reden hörte, war ich schließlich aus der Klokabine rausgekommen.

»Was hast du eben gesagt, Hanna?«, fragte ich, schniefend den Rotz hochziehend. »Du willst auch nicht mehr in den Chor gehen? Das kannst du doch nicht machen. Nicht meinetwegen ...«

»Doch, kann ich. Als deine Freundin kann ich das. Old McDonald hat zwar recht, was deine Musikalität angeht, aber da sind auch noch andere im Chor, die eher selten die Töne treffen. Wenn er die alle rausschmeißen will, bleibt kaum noch jemand übrig.«

»Aber auf dich kann er doch gar nicht verzichten!«

»Ach klar, kann er. Seit dem neuen Schuljahr sind

doch eh fast nur noch die Fünfties und ein paar Leute aus der Sechsten drin. Ich bin sowieso nur wegen Old McDonald geblieben, weil er mich damals beim Gesangscasting von Eurostar so unterstützt hat. Eigentlich würde ich viel lieber nur noch bei Brian in der Band singen. Hab eh kaum Zeit für ihn.«

Das konnte ich gut verstehen und musste dann ja wirklich kein schlechtes Gewissen haben, wenn sie den Chor nun auch schmiss.

»Und du, Mila?«, hatte ich gefragt.

»Lass uns in die Tanz-AG gehen, da wollte ich schon immer hin, aber die hat sich ja mit den Chorzeiten überschnitten.«

Das war eine super Idee und so hatten wir uns bei Old McDonald verabschiedet und bereits beim nächsten Mal an der Tanz-AG von Frau Berger teilgenommen. Das war wirklich richtig toll. Nur Vanessa und Carmen, die hätten echt nicht sein müssen.

Als ich nach der Schule im Bus saß, ging eine SMS auf meinem Handy ein. Sie war von Tobi und ließ die Welt gleich wieder rosiger aussehen. *Hey Süße,* schrieb er, *tut mit leid wegen vorhin. Aber ich muss wegen meiner Bionote ein bisschen bei Frau Frühauf schleimen. Hat mit uns doch gar nichts zu tun. Darf ich nachher zum Matheüben kommen? Ich kapier die Aufgaben nicht.*

Bussi Tobi.

Hm. Er war in Bio ja wirklich keine Leuchte. Im ersten Test hatte er voll abgelost. Mein Herz klopfte plötzlich total heftig und im Magen kribbelte es ganz fürchterlich. Vielleicht war ja alles nur ein ganz dummes Missverständnis und Tobi liebte mich noch genauso wie ich ihn. Und so schrieb ich megaglücklich zurück: *Na klar, freue mich. Koche uns einen Yogi-Tee.*

Kapitel 2
Abgeblitzt

Ich war doch zu blöd! Wirklich, ich ärgerte mich total über mich selbst. Über Tobi natürlich auch … aber wenn ich nicht wieder mit dem Thema »Frau Frühauf« angefangen hätte, dann hätte er ja nicht so pampig reagiert und wir hätten weiter gemütlich beim Yogi-Tee zusammen gesessen und Zärtlichkeiten ausgetauscht. Stattdessen warfen wir uns nur noch gegenseitig Vorwürfe an den Kopf, bis Tobi schließlich von meinem indischen Sitzkissen aufsprang und wütend sagte: »Ach Kati, du drehst doch am Rad mit deiner Eifersucht. Das ist ja nicht auszuhalten. Komm erst mal wieder runter. Ich höre mir das nicht länger an.«

Nun war ich doch etwas schockiert. Dass er gleich abhauen würde, nur weil ich ihn – zugegebenermaßen etwas vorwurfsvoll – auf Frau Frühauf ansprach, damit hatte ich ja nun nicht gerechnet.

»Äh, du, du willst doch nicht schon gehen?«, fragte ich also verstört.

»Doch, will ich!«, knurrte er und ging zur Tür. »Falls du in nächster Zeit mal wieder normal sein solltest, kannst du dich ja bei mir melden. Wenn nicht, dann lass es lieber.«

Er war schneller aus meinem Zimmer verschwunden, als ich antworten konnte. Und als ich hinter ihm her sprintete, knallte schon die Wohnungstür ins Schloss, bevor ich die Diele überhaupt erreicht hatte. Liebes Lieschen, der hatte es aber eilig wegzukommen. Und sogleich fragte ich mich, warum ihm das Thema so peinlich war. Da war doch garantiert etwas im Busch, sonst müsste er sich nicht so aufführen. Total geknickt schlich ich in mein Zimmer zurück und ließ mich auf mein Diwanbett fallen. So ein Vollhonk! Da hatte ich ein paar Augenblicke geglaubt, alles zwischen uns wäre wieder gut, und kaum nahm ich den Namen Frühauf in den Mund, ging er ab wie unser Kater.

Ich hob Raudi, meinen Dackel, zu mir hoch und kuschelte mit ihm ein wenig. Aber es war nicht das Gleiche wie mit Tobi und so setzte ich ihn bald wieder auf den indischen Läufer vor meinem Bett. Er winselte und fiepte, weil er meinen Frust natürlich nicht verstand. Aber es nützte ja auch nichts, wenn ich ihm das Fell vollheulte.

Ich wischte mir eine Träne von der Wange. Es war wirklich zu blöd. Dabei liebte ich Tobi von ganzem Herzen. Schließlich war er mein süßer Rosenkavalier, der tagelang heimlich Rosen auf meinen Schultisch gelegt hatte, und er war der einzige Junge, der sich jemals für mich geprügelt hatte. Und dann auch noch mit einem brutalen, bösartigen und viel stärkeren Gegner. Einem Betrunkenen, der spät am Abend in einem Fußgängertunnel über mich herfallen wollte. Da war Tobi wirklich in allerletzter Sekunde aufgetaucht und hatte keinen Moment gezögert, mich gegen den ekligen Typen zu verteidigen. Was für ein Held! Und ganz schön was abgekriegt hatte er auch, ehrlich gesagt hatte der Typ ihn nach allen Regeln der Schlägerkunst vermöbelt. Aber von mir hatte er dadurch zum Glück abgelassen. Ich seufzte und mir wurde bei der Erinnerung an Tobis heldenhafte Tat ganz warm ums Herz. So einen ritterlichen Freund wünschte sich schließlich jedes Mädchen und ich natürlich auch. Ich war ja sooo glücklich, als er mir mit blutender Lippe und einem Veilchenauge seine Liebe gestand ... und nun?

Was war denn nur mit uns passiert, dass wir uns wegen einer Lehrerin anzickten?!

Anfangs hatte ich Frau Frühauf ja auch gut gefunden, aber jetzt wo sie Tobi offenbar zu ihrem persönlichen Assistenten ernannt hatte, fand ich sie reichlich blöd. Konnte sie nicht Kiwi oder Knolle den Biosaal nach dem Unterricht aufräumen lassen? Denen lief doch bei ihrem Anblick auch ständig der Sabber aus dem Mund! Echt, wenn sie es toll fand, dass die Kerle um sie rumschleimten, dann konnte sie doch die nehmen und meinen Tobi in Ruhe lassen.

Ich wählte Milas Nummer und klagte ihr mein Leid. »Wenn die Frühauf nicht wäre, könnte ich weiter mit Tobi glücklich sein. Sie drängt sich total zwischen uns ...«

»Unsinn«, fiel Mila mir ins Wort, »Frau Frühauf

würde so etwas nicht machen. Die hat doch überhaupt kein Interesse an Tobi. Außerdem ist sie Lehrerin und garantiert nicht so blöd, sich mit einem Schüler einzulassen, und dann noch mit einem wie Tobi – der hat doch noch Babyschmiere hinter seinen abstehenden Ohren!«

»Tobi hat keine abstehenden Ohren … und … und … Babyschmiere dahinter hat er auch nicht!«, schnaubte ich. Nur weil ich grade mal ein Problem mit Tobi hatte, musste Mila ihn ja nicht gleich schlechtmachen.

»Ich mache Tobi nicht schlecht«, knurrte sie zurück. »Du bist es doch, die ihn mit ihrer grundlosen Eifersucht verfolgt. Ehrlich, Kati, wenn mir jemand so kommen würde, dann würde ich auch die Flucht ergreifen.«

»Danke schön! Sehr aufbauend!«, schnauzte ich und unterbrach die Verbindung. Unter Freundschaft verstand ich etwas anderes. Ich brauchte keine Vorwürfe, sondern ein paar gute Ratschläge und verbale Streicheleinheiten. Frauensolidarität eben. Aber seit Mila fest mit Markus zusammen war, nahm sie irgendwie die Probleme ihrer Freundinnen nicht mehr richtig ernst. Dabei war sie selbst doch die reinste Dramaqueen gewesen und hatte jede kleine Krise zu einer Weltuntergangskatastrophe aufgebauscht. Allein diese Geschichte mit Pit Winter, unserem jungen Referendar, in den sie sich gleichzeitig mit ihrer Mutter verknallt hatte, kostete uns mehr Nerven als Hannas und mein Liebeskummer zusammengenommen. Und der war auch nicht eben klein! Was Hanna wegen Branko durchgemacht hatte, das wünschte ich keinem Mädchen, und so an seinem Geburtstag sitzen gelassen zu werden wie ich von Florian ... nee, wirklich, das war schon etwas, was einem das Herz brechen konnte. Aber wie gesagt, Mila hatte es ja noch schwerer getroffen. Dennoch gab es ihr nicht das Recht, mir grundlose Eifersucht zu unterstellen! Das würden wir ja sehen, ob meine Eifersucht wirklich so grundlos war!

Ich rief Hanna an. Aber die sah es genauso wie Mila, auch wenn sie nicht ganz so konkret wurde. »Du liegst da garantiert völlig falsch, Kati«, meinte sie. »Tobi wird einen ganz einfachen Grund haben, weshalb er im Moment so oft in Frau Frühaufs Nähe ist. Vielleicht will er ja ihre Unterstützung für ein Jugend-forscht-Projekt.«

»Klar, bei seiner Bionote! Der hat sich doch nie für Bio interessiert. Dem geht es dabei allenfalls um menschliche Anatomie – dicken Busen und prallen Hintern. Da sind alle Jungs gleich. Nicht nur Kiwi kriegt Stielaugen, wenn Frau Frühauf ihre Hüften in die Klasse schwingt.« Hanna lachte.

»Und wenn schon, Kati. Das lenkt die Typen doch wenigstens von uns ab. Kiwis ständige Anmache war ja kaum noch auszuhalten. Nur weil er jetzt auf Frau Frühauf fixiert ist, hat Brian ihn sich noch nicht zur Brust genommen. Der kann das nämlich gar nicht leiden, wenn Kiwi seine versauten Sprüche bei mir ablässt.«

»Hat er ja nie wirklich getan«, sagte ich, denn soweit ich zurückdenken konnte, war stets *ich* das bevorzugte Opfer von Kiwi gewesen. An Hanna traute er sich schon deswegen nicht ran, weil sie Klassensprecherin war.

»Egal!«, ließ Hanna sich nicht beirren. »Der Tobi liebt dich, und selbst wenn im Moment seine Hormone vielleicht etwas verwirrt sind, er kommt schon wieder zur Vernunft.«

»Meinst du echt?«, fragte ich und fand ihre Worte sehr viel aufbauender als Milas herzloses Statement.

»Ja, meine ich. Also hör auf, dir einen Kopf zu machen … Übrigens, wie wäre es, wenn wir morgen zusammen zum Shoppen gehen würden? Du hast doch gesagt, dass du dringend eine neue Jeans brauchst, und ich möchte mir gerne ein T-Shirt mit langen Ärmeln kaufen. Wird ja wirklich schon richtig Herbst.«

Das war eine coole Idee und so beschloss ich meine Mutter zu fragen, ob es ihr recht war, dass ich mit Hanna Klamotten kaufte statt mit ihr.

Sie war nicht wirklich begeistert, was ich verstehen konnte, denn eigentlich war unser gemeinsames Shopping immer sehr lustig gewesen. Aber offenbar sah sie ein, dass Mädchen in meinem Alter auch mal alleine einkaufen gehen wollten, und gab ihre Zustimmung und natürlich das nötige Kleingeld.

»Wir gehen gleich nach der Schule«, sagte ich dankbar, woraufhin sie noch einen Zehner drauflegte und meinte: »Dann iss aber auch eine Kleinigkeit, nicht dass du mir den ganzen Tag mit leerem Magen herumläufst.« Tja, so war sie, meine Mutter Felix. Einfach lieb.

Tobi ging mir am nächsten Schultag aus dem Weg.

»Das bildest du dir ein«, meinte Mila zwar, aber ich hatte doch Augen im Kopf.

»Ach, und warum dreht er sich immer weg, wenn ich zu ihm rüberschaue?«

»Zufall«, meinte Mila und konnte natürlich mal wieder ihre vorlaute Schnauze nicht halten.

»Tobi?«, trötete sie durch die Klasse. »Warum drehst du dich immer weg, wenn Kati dich anschaut?«

Hatte das Mädchen einen an der Waffel? Ich wäre am liebsten vor Scham im Boden versunken und meine Handflächen wurden vor Schreck ganz feucht.

Tobi ging es wohl auch nicht besser, denn er bekam rote Ohren und flüchtete mit den Worten »… äh, sprichst du mit mir, Mila, äh … ich muss grade mal wohin …« aus der Klasse.

Das heißt, er wollte flüchten, denn in der Türöffnung prallte er gegen Rumpelstilzchen, der zu seinem Unterricht bei uns auflief. Bei Rumpelstilzchens donnerndem Fluch drehten sich alle Köpfe zur Tür und alle Blicke richteten sich auf die sich dort entwickelnde Comedy.

»Geil«, tönte Knolle, »Kino gratis.«

Rumpelstilzchen, vollkommen überrumpelt, hatte

den gewaltigen Bücher- und Heftestapel fallen lassen, den er meistens mit sich herumschleppte. Nun starrte er mit finsterer Miene und hochgezogenen Augenbrauen auf die Bescherung zu seinen Füßen. Als Tobi erstaunlich behände darüber hinwegstieg und sich an Rumpelstilzchen vorbeidrücken wollte, schnappte der ihn sich jedoch an der Kapuze seines Sweatshirts und zerrte ihn zurück in die Klasse.

»Wohin so eilig, Tobias?«, donnerte er. »Du glaubst doch wohl nicht, dass du dich einfach verdrücken kannst?«

»Äh, nein, äh, wollte ich ja gar nicht, aber ich, äh …«

»Was wolltest du?«, fuhr ihm Rumpelstilzchen ungehalten ins Gestammele, aber statt von Tobi erhielt er die Antwort von Kiwi und Knolle.

»Er wollte abhauen«, sagte Knolle und Kiwi fügte kichernd hinzu: »Er war nämlich auf der Flucht!«

Verwunderung bei Rumpelstilzchen. »Auf der Flucht?«, wiederholte er. »Wovor oder vor wem?«

»Vor Kati!«, blubberte Knolle und die halbe Klasse wieherte los, als ob er einen Megaschenkelklopfer losgelassen hätte. Dumpfbacke!

Klar, dass Rumpelstilzchen nun mich auf dem Kieker hatte und wissen wollte, warum Tobi vor mir auf der Flucht war.

Aber ehe ich noch etwas sagen konnte, schwang sich Mila mal wieder ungefragt zu meinem Sprachrohr auf: »Kiwi und Knolle reden völligen Quatsch. Kati will gar nichts von Tobi.«

Aha, Tobis Blick ließ mir das Blut in den Adern gefrieren.

»Und ich will nichts von ihr«, sagte er mit seltsam fremder Stimme. »Man wird ja wohl noch mal zum Klo gehen dürfen, ohne dass sich die halbe Klasse einen Kopf darüber macht.«

Und damit niemand sah, dass seine Ohren noch röter wurden bei diesen Worten, ging er vor Rumpelstilzchen in die Hocke und sammelte die verstreuten Hefte auf.

Das Blut in meinen Adern begann wieder zu fließen, aber ich bekam richtige Panik. War Mila denn noch zu retten, so etwas zu sagen? Das hörte sich ja so an, als hätte ich mit Tobi Schluss gemacht. Und seine Antwort klang kein bisschen besser. Ich will nichts von ihr!? Wie schrecklich, wie grauenvoll … mir schoss das Wasser in die Augen, und damit es niemand aus der Klasse sah, sprang ich auf und stürzte nun auch zur Tür. Aber die war ja noch blockiert.

»Hoppla, junge Dame«, versperrte mir Rumpelstilzchen den Weg nach draußen. »Wohin denn so eilig, der Unterricht findet hier statt.«

Ehe er mitbekam, dass ich kurz vorm Losheulen war, ging ich ebenfalls in die Knie und begann nach den am Boden liegenden Heften und Büchern zu greifen.

»Äh, ich wollte nur helfen …«, stammelte ich mit verräterisch wässriger Stimme. Tobi hatte das natürlich gleich herausgehört, denn er sah mich fragend an.

»Es, es ist doch gar nicht so … du hast das völlig falsch verstanden … Mila redet Unsinn …«, flüsterte ich.

Aber ehe Tobi antworten konnte, fuhr Rumpelstilzchen dazwischen: »Falls ihr zwei da unten Häschen in der Grube spielen wollt, darf ich euch bitten, euch den Unterricht eines anderen Kollegen dafür auszusuchen – Sport, Musik oder Biologie vielleicht –, hier jedenfalls ist der falsche Ort zum Hoppeln. Auf die Plätze, aber flott!«

Wir rafften die restlichen Materialien an uns und trugen sie Rumpelstilzchen zum Lehrertisch hinterher.

Ohne ein Wort des Dankes griff er nach der Kreide und begann eine Formel an die Tafel zu schreiben.

»Katharina!«, forderte er mich auf, kaum dass ich meinen Platz wieder eingenommen hatte, »erläutere den restlichen Rechenweg …«

Da ich noch nicht mal die Zeit gehabt hatte, den von ihm angeschriebenen Anfang der Rechnung auch nur anzusehen, war ich natürlich völlig desorientiert und kriegte gar nichts auf die Reihe.

»Danke«, unterbrach er mich barsch und ungeduldig, »wenn du so weitermachst, treibst du nicht nur Tobi in die Flucht, sondern auch mich!«

Erde tue dich auf und verschlinge mich! Ich fühlte, wie mir die Hitze in den Kopf stieg. Gott, war das peinlich. Und dann blubberte auch noch Knolle: »Weitermachen, weitermachen!«

Aber Rumpelstilzchen dachte nicht daran, sich

von mir in die Flucht schlagen zu lassen, sondern verdonnerte ihn zu einer saftigen Sonderaufgabe. Doch das war auch kein Trost.

»Geht es noch?«, fauchte ich Mila natürlich sofort nach der Stunde an, aber weil Markus sie gerade in seine Arme zog, hörte sie gar nicht richtig hin.

Aber als ich dann nach Schulschluss mit Hanna zum Shopping losziehen wollte, klebte sie uns bereits wieder an der Backe. Ich weiß nicht warum, aber im Moment machte Mila mich manchmal wirklich aggressiv. So schwer konnte es doch nicht sein, seine Zunge mal etwas im Zaum zu halten! Sie hatte sich ja schon immer gerne ungebeten in das Liebesleben anderer eingemischt, Lehrer und Freundinnen verkuppelt, wann immer sich eine Chance bot. Aber ich hatte wirklich gedacht, dass damit spätestens dann Schluss sein würde, wenn sie selber in festen Händen war. Das war sie nun zwar bei Markus, aber geändert hatte sich nichts. Sie liebte es einfach, in Beziehungskisten herumzuwühlen, vorzugsweise denen anderer Leute, an ihre eigene ließ sie ja niemanden ran. Ganz schön nervig.

»Shoppen, wie toll!«, rief sie. »Da komme ich natürlich mit.«

Hatte sie jemand eingeladen? Aber weil Hanna sie gleich mit offenen Armen aufnahm, konnte ich ja schlecht Nein sagen. Allerdings war mir die Freude ziemlich verdorben. Mila kriegte natürlich bald mit, dass ich nicht allerbester Laune war.

»Ist was?«, fragte sie in total unschuldigem Tonfall.

»Das fragst du mich? Du erzählst Tobi, dass ich nichts mehr von ihm will, und wunderst dich, dass ich schlechte Laune habe?«

»Das habe ich doch gar nicht gesagt«, widersprach Mila sofort. »Jedenfalls habe ich das nicht gemeint.«

»Toll, dafür kann ich mir ja jetzt was kaufen. Hast du nicht gehört, wie Tobi darauf reagiert hat?«

»Nee, hab ich nicht.«

»Er hat gesagt, dass er von mir auch nichts will, und dann wollte er abhauen … was er auch getan hätte, wenn ihm Rumpelstilzchen nicht dazwischengekommen wäre …«

Mila sah mich verwundert an. Sie schien wirklich nicht zu begreifen, was für eine Lawine sie mit ihren unbedachten Worten losgetreten hatte. Typisch mal wieder. Mila redete leider sehr oft schon bevor sie gedacht hatte. Meist war das ja sehr witzig, aber in so einem Fall, wo ich selber die Dumme war, da ging mir der Humor für so was ab.

Weil Hanna wohl schon unseren schönen Shoppingnachmittag in Streit und Zank verfliegen sah, griff sie nun beherzt, so wie es ihre Art war, ein.

»Kati, Mila hat vielleicht die falschen Worte gewählt, aber nur jemand, der böswillig ist oder wirklich Ärger machen will, konnte sie so negativ auslegen. Sie sind doch nicht die Ursache, dass Tobi so merkwürdig abweisend reagiert hat, sondern die

Folge. Du hast ja selbst gesagt, dass er dir schon den ganzen Morgen ausgewichen ist. Ich glaube wirklich, dass er wegen deiner Eifersucht auf Frau Frühauf sauer ist. Mit Milas Worten hat das gar nichts zu tun.«

»Genau«, ergriff Mila natürlich sofort den Rettungsring. »Ich wollte ihn ja nur auf sein seltsames Verhalten ansprechen.« Sie sah neugierig zu mir rüber. »Habt ihr euch gestern gestritten?«

Zögernd zuckte ich mit den Schultern. »Nicht direkt gestritten, aber die Stimmung war irgendwie schlecht, als wir uns getrennt haben. Warum reagiert er aber auch immer gleich so allergisch, wenn man ihn mal auf Frau Frühauf anspricht?«

»Mal? Du sprichst ihn nicht *mal* auf sie an, sondern ständig. Wenn man euch zugehört hat in letzter Zeit, dann schien es ja gar kein anderes Thema mehr zu geben.«

Hanna nickte. »Doch, wirklich, Kati. Du musst das nun auch mal auf sich beruhen lassen. Warum auch immer er ständig bei Frau Frühauf abhängt, ich glaube nicht, dass es das Geringste mit eurer Liebe zu tun hat.«

Gerne hätte ich ihr ja geglaubt, aber ich hatte noch zu deutlich die so fremd klingenden Worte von Tobi im Ohr: »Und ich will nichts von ihr!«

»Ach, hört doch auf, die Sache schönzureden«, schniefte ich. »Er liebt mich nicht mehr. Ich weiß es doch schon seit der Klassenfahrt. Schon nach den Ferien war es nicht mehr so wie sonst. Er steht eben nicht auf Schwäne, die Bohnenstangen verschluckt haben.«

Meine Freundinnen sahen mich verständnislos an.

»Müssen wir das jetzt verstehen?«, fragte Hanna besorgt.

Ich schüttelte den Kopf.

»Na dann!« Sie griff nach meiner Hand. »Vergiss doch den Quatsch jetzt mal für ein paar Stunden. Es gibt auch noch eine Welt jenseits der Kerle.« Und mit einer einladenden Geste zeigte sie auf den Eingang des City-Centers.

»Wie wäre es mit ein paar neuen Schuhen?«

Ich schluckte die Tränen runter und stürzte mich mit meinen Freundinnen ins Gewühl.

Ich hatte mich nie für einen besonderen Glückspilz gehalten, obwohl ich eigentlich von den guten Feen bei meiner Geburt reichlich bedacht worden war. Ich hatte großartige Eltern, genügend Intelligenz, um einigermaßen unbeschwert durch die Schule zu kommen, und zwei wunderbare Freundinnen. Es bestand also wirklich kein Grund für das Schicksal, noch mehr aus dem Füllhorn des Glücks über mich zu gießen. Aber es tat es dennoch. Vermutlich unverdienterweise, aber vielleicht auch nicht. Möglicherweise war das, was jetzt passierte, als Ausgleich gedacht für die Enttäuschung, die ich gerade mit Tobi erlebte. Aber der Reihe nach.

Wir waren schon eine Weile unterwegs, als die

krasse Schaufenstergestaltung von *TeenFashion* uns magisch anzog.

»Oh wie cool«, fand Mila sofort, »die Shirts sind ja der Hammer! Die muss ich unbedingt anprobieren. Da lasse ich mir eins zurücklegen, wenn's passt.«

Auch mir gefielen die Teile an den Schaufensterpuppen sehr und so gingen wir schnurstracks in den Laden, schnappten uns Shirts und Hosen und verschwanden in der Umkleide.

Ich hatte einen guten Griff getan, denn sowohl Jeans als auch T-Shirt passten super. Wie angegossen. Ich starrte in den Spiegel, aber weil der in der Kabine zu klein war, ging ich raus und betrachtete mich in der großen Spiegelwand im Verkaufsraum. Wow, da blieb mir ja die Spucke weg. Was doch eine gut sitzende Jeans ausmachen konnte. Ich dachte einen Moment an die Hochwasserhose, in der ich am Wochenende die Krise gekriegt hatte, und musste grinsen. Ha, in dieser Hose sollte Tobi mich mal sehen, dann würde er Frau Frühauf keines Blickes mehr würdigen.

Im selben Moment, als ich das dachte, kam ich mir aber auch schon reichlich überheblich vor. Dennoch, selbst wenn Tobi mich überhaupt nicht mehr ansah, ich musste mir ja auch selber gefallen, und obwohl ich sicherlich noch nicht wirklich mit Frau Frühaufs sexy Proportionen mithalten konnte, gefiel ich mir doch schon sehr viel besser. Und so warf ich in einem Anflug positiver Energie meine Haare mit einer trotzigen Kopfbewegung schwungvoll in den Nacken.

»So bleiben«, sagte plötzlich eine befehlsmäßige Stimme neben mir und im selben Moment flashte ein Blitzlicht auf. Einen Augenblick war ich geblendet, dann sah ich neben mir einen großen, schlanken Typen mittleren Alters stehen, der erneut die Kamera hob.

Ich schlug die Hände vor das Gesicht und sagte abwehrend: »Hey, lassen Sie das! Ich will nicht fotografiert werden. Wer sind Sie denn überhaupt?«

Der Typ ließ die Kamera sinken und lachte mich derart sympathisch an, dass ich doch die Hände wieder von meinem Gesicht wegnahm. Da Hanna und Mila inzwischen aus ihren Umkleidekabinen gekommen waren, fühlte ich mich zudem wieder sicherer.

»Wer sind Sie?«, fragte ich also noch mal. »Und wie kommen Sie dazu, mich einfach zu fotografieren?«

Mila ging sofort hoch und stürzte sich auf den Typen, der gar nicht wusste, wie ihm geschah. Sie zerrte an seiner Fotokamera und fauchte ihn an: »Geben Sie sofort das Bild raus, Sie, Sie Paparazzo! Haben Sie nicht gehört, meine Freundin will nicht von so einem Schmierlappen wie Ihnen fotografiert werden!«

»Mila!« Das Mädchen war doch nicht zu retten, musste sie denn immer alles dramatisieren? Wer sagte denn, das der Typ was Schmutziges im Sinn hatte?

Hatte er aber wohl doch, denn er meinte in verdammt verdächtigem Schleimton: »Pardon, da muss ich mich wirklich entschuldigen, aber als ich Ihre Freundin so posen sah, da dachte ich, sie macht das professionell …«

Mila ging erneut hoch. »Haben Sie gesagt, meine Freundin sei eine Professionelle?«

Der Typ war sichtlich verwirrt. »Äh, nein, natürlich nicht, ich, äh, also ich hatte den Eindruck, dass Ihre Freundin schon mal professionell gemodelt hat … äh … habe ich mich da getäuscht?«

Nun war es an uns dreien, verblüfft zu sein. Der hatte mich doch nicht ernsthaft fotografiert, weil er mich für ein Model gehalten hatte? Nee, das war bestimmt nur eine Ausrede, die seinen Paparazziopfern schmeicheln sollte. Mich konnte er so nicht täuschen.

»Ich bin kein Model«, sagte ich also. »Das wird Ihnen ja inzwischen auch aufgefallen sein. Und meine Freundin hat recht, ich möchte nicht, dass jemand ungefragt von mir Fotos macht. Löschen Sie das also bitte.«

Der Typ sah uns einen Moment verwundert an, wobei sein Blick von mir zu Mila und dann zu Hanna wanderte und dann wieder zu mir zurückkam.

Er fingerte in der Innenseite seines labbrigen Sakkos herum. Zog er jetzt seinen Colt oder sein Springmesser und machte uns alle drei hin? Ich fühlte kalte Panik in mir hochkriechen. Was für ein Mist.

Wenn ich jetzt sterben musste, dann würde Tobi bestimmt nicht mal zu meiner Beerdigung kommen. Zu traurig! Tot und ungeliebt ...

»Wenn ich mich vorstellen dürfte«, sagte der Typ in meine abschweifenden Gedanken hinein und reichte mir ein etwas verknicktes Visitenkärtchen rüber. »Ich bin Raimund, ich mache Fotos für *Teen-Fashion*. Wir suchen für unsere nächste Werbekampagne ein paar neue Gesichter.«

Die Worte hatten noch nicht mal ganz mein Ohr erreicht, als Mila laut aufquiekte, sich in eine unnatürliche Pose warf und Raimund anschleimte: »Super! Die haben Sie mit uns ja dann gefunden.« Sie zerrte mich und Hanna an ihre Seite und zischelte hektisch: »Los, los, Leute, das ist die Chance, lächeln!!!!« Und dann warf sie ihre braunen Locken nach hinten und presste sich ein derart abartiges Grinsen ins Gesicht, dass ich dachte, sie würde für Gebissreiniger Reklame machen.

Raimund schaute sichtlich irritiert dem seltsamen Schauspiel zu, dachte aber nicht im Mindesten daran, die Kamera zu benutzen. Milas Grinsen gefror ihr allmählich im Gesicht, das nun wie eine Maske wirkte. Nur ihr Gebiss strahlte.

»Der knipst nicht«, flüsterte ich ihr zu und hoffte, dass sie wieder normal werden würde.

»Warum knipsen Sie denn nicht endlich? Wir sind die Gesichter, die Sie suchen.«

Raimund grinste nun. Mila war echt zu peinlich. Schon wieder posierte sie affektiert. Sie glaubte doch nicht wirklich, dass sich ein Profifotograf so von ihr überrumpeln ließ?

Aber da sich inzwischen ein kleiner Kundenauflauf um uns herum gebildet hatte, zwinkerte er mir zu und sagte: »Den Eindruck habe ich auch. Also dann bitte noch mal lachen. Alle drei!« Er hob die Kamera und schoss schnell hintereinander einige Fotos. Dann zog er mich zur Seite.

»Kannst du mir mal bitte deinen Namen und deine Handynummer aufschreiben?«

Holla, das hatte er sich so gedacht. Und wieso duzte er mich, wo er Mila doch gesiezt hatte? Glaubte der, ich wäre so leichter zu haben?

»Nee«, sagte ich, »mein Name und meine Handynummer sind nur für meine Freunde da.«

Er sah plötzlich ganz unglücklich aus. »Hör mal, Mädchen«, sagte er immer noch leise, »jetzt zick hier nicht rum. Ich habe dir meine Karte gegeben und ich biete dir hier eine super Chance. Du gefällst mir und ich kann mir vorstellen, dass du in unserer neuen Kampagne dabei sein könntest. Ich sage nicht, du *bist* dabei, aber ich sage, du hast die Chance.« Er sah mich ernst an. »Hast du verstanden?«

Ich schluckte und nickte.

»So, und jetzt sag mir, dass du diese Chance nicht willst, oder gib mir deinen Namen und deine Handynummer.«

Ich schluckte noch mal. Das war doch alles nicht wirklich, das war doch nur ein Traum. Ich kniff mich unauffällig in den Arm. Autsch! Also, ein Traum war es jedenfalls nicht, aber so richtig wirklich konnte es auch nicht sein. Ich war wie erstarrt, unfähig, irgendetwas Sinnvolles zu tun.

Offenbar hatte er den Eindruck, dass ich nun völlig durch den Wind war und aus mir nichts mehr rauszuholen war.

Und weil Hanna und Mila nun auch wieder auf ihn einredeten, sagte er abschließend: »Okay, mir ist zwar noch nie ein so zurückhaltendes Mädchen wie du begegnet, aber egal. Versprich mir, dass du mich morgen anrufst. Meine Nummer steht auf der Karte. Ich speichere dein Foto unter *blonder Engel* ab. Wenn du dir das merkst und mir sagst, weiß ich gleich, wer du bist. Okay? Versprich es.«

Mila und Hanna hatten wohl schneller begriffen als ich.

»Los, los, nun versprich es schon«, sagte Mila, und ehe ich noch was erwidern konnte, stimmte sie schon zu: »Geht klar, sie ruft morgen an. Versprochen. Wir sorgen schon dafür.«

Der Typ grinste nun bei so viel Eifer.

»Ich verlasse mich drauf«, sagte er zu Mila und reichte ihr die Hand. »Wenn sie anruft, kriegt ihr auch einen Abzug von den Fotos.«

Mila schüttelte seine Hand und es war abgemacht.

»Ich rufe da nicht an«, sagte ich auf dem Heimweg. »Das ist doch peinlich. Ich bin doch kein Fotomodell.«

»Brauchst du auch nicht zu sein«, meinte Mila.

»Er hat doch gesagt, er sucht neue *Gesichter*. Nun versau uns doch nicht jede Chance.«

»Uns?«, fragte Hanna.

»Na klar, uns. Er hat uns doch alle drei fotografiert.«

»Aber wirkliches Interesse hat er eigentlich nur an Kati gehabt«, sagte Hanna unbeeindruckt von Milas Euphorie. »Rede dir da bloß nichts ein, Mila. Das Foto von uns hat er doch nur gemacht, weil er dich nicht vor all den Leuten blamieren wollte.«

»WAAAS?! Willst du damit sagen, ich wäre nicht genauso wie Kati geeignet, ein neues Gesicht für die Kampagne von *TeenFashion* zu werden?«

Ach herrje, jetzt fingen die auch noch an sich zu zoffen. Darauf hatte ich ja nun absolut keinen Bock und so mischte ich mich in der Absicht die Wogen zu glätten ein. »Mila, du bist viel hübscher als ich. Das hat er sicher nur in der Hektik nicht gesehen. Wenn er die Fotos ansieht, dann wird er sofort erkennen, dass ich mich für so etwas gar nicht eigne, du dagegen aber ganz super.«

Mila sah mich misstrauisch an. »Das sagst du jetzt doch nur so!«

Ich schüttelte den Kopf. »Nein, das ist meine wirkliche Meinung.«

»Dann rufst du morgen auch bei dem Typen an?«

Ich schüttelte den Kopf. »Nee, aber ich gebe dir gerne seine Karte.«

Mila fetzte mir mit einem jubelnden Aufschrei das Teil aus den Fingern. Für den Rest des Weges tänzelte sie wie ein Laufstegmodel vor uns her und flötete: »Ich werde Model, ich werde das neue Gesicht von *TeenFashion* … ich werde von allen Plakatwänden lächeln … ich werde berühmt …«

Nichts von alledem!
Mila rief tatsächlich am nächsten Tag bei Raimund an.
»Er will dich«, sagte sie, als ich sie am Nachmittag in der Tanz-AG traf. »*Nur* dich. Du sollst ihn anrufen. Unbedingt.« Sie gab mir die Karte wieder, und weil Vanessa schon wieder Stielaugen kriegte, beendete sie das Gespräch abrupt.
»Tut mir leid …«, flüsterte ich noch, aber sie drehte sich weg.
Man merkte ihr an, dass sie total enttäuscht war. Offenbar hatte sie sich wirklich eine Chance ausgerechnet. Und ich hatte die ganze Nacht kein Auge zugetan und die Daumen für sie gedrückt. Alles wäre so viel einfacher gewesen und gerechter. Mila wollte, ich wollte nicht zu dem Casting gehen. Also hätte das Schicksal fairerweise ihr die Chance geben müssen.
Aber das kennt man ja: Das Schicksal ist grundsätzlich nicht fair. Nun war Mila sauer und ich musste mich mit der Frage herumschlagen, ob ich diese angebliche Chance nutzen wollte. Eins war jedenfalls sicher: Wenn ich nicht ginge, würde Mila mir den Kopf abreißen, und wenn ich es tat, dann würde sie voll frustriert sein. Aber es gab ja noch Hoff-

nung. Nur wegen einer Einladung zu einem Casting hatte man ja noch nicht den Job. Ich würde mich garantiert so belämmert anstellen, dass ich sofort aus der Wertung fallen würde. Ich seufzte erleichtert, denn das war wirklich das Beste. Für mich und für meine Freundschaft mit Mila.

Keine von uns konnte sich heute auf das Tanzen konzentrieren und wir mussten manche Zurechtweisung von Frau Berger einstecken, was natürlich Vanessa und Carmen wie Honig runterging. Als wir in die Umkleide gingen, zischte Vanessa mir zu: »Vielleicht hättest du doch im Chor bleiben sollen. Da fällt es nicht so auf, wenn man zwei linke Füße hat.«

In dem Moment wünschte ich mir dann doch, an der neuen Kampagne von *TeenFashion* mitzuwirken, nur um es dieser Blödkuh mal zu zeigen.

Ich saß an meinem kleinen Schreibpult und drehte die Visitenkarte mit der Telefonnummer von Raimund unschlüssig in den Fingern. Sollte ich wirklich bei ihm anrufen? Es war mir noch immer völlig schleierhaft, warum er ausgerechnet mich haben wollte. Mila war doch wirklich viel hübscher. Sie war allerdings auch kleiner. Seit ich diesen merkwürdigen Wachstumsschub gehabt hatte, waren meine Beine derart lang geworden, dass ich sie fast um einen ganzen Kopf überragte. Wie so ein Leuchtturm kam ich mir manchmal vor, wenn wir zusammenstanden. Auf so was konnten die doch bei *Teen-*

Fashion nicht wirklich stehen! Aber bei diesen Modefuzzis wusste man ja nie. Dennoch, Modeln war nichts für mich. Ich war einfach kein Typ, der schnell aus sich herausging, ich war viel zu schüchtern für so was. Und nur weil ich mal einen Augenblick vor dem Spiegel im City-Center etwas selbstbewusster rübergekommen war, hieß das ja nicht, dass ich auf Zuruf Selbstsicherheit produzieren und in entsprechenden Posen abstrahlen konnte. Nein, Kati, sagte ich zu mir, lass es, das ist nicht dein Ding.

Aber dann fiel mein Blick auf das verliebte Foto von Tobi und mir, das in einem kleinen Edelholzrahmen auf meinem Schreibpult stand. Den ganzen Morgen in der Schule hatte er sich rargemacht, und immer wenn ich ihn angelächelt hatte, hatte er den Kopf ganz schnell weggedreht. Aber Frau Frühauf, der war er wieder fast in den Hintern gekrochen.

Hm, ob er es wohl cool fand, wenn ich ein *Teen-Fashion*-Model war, das überall von den Plakatwänden in der Stadt auf ihn herablächelte? Plötzlich spürte ich den unbändigen Wunsch in mir, ihm zu zeigen, dass ich genauso toll war wie Frau Frühauf – ja, noch toller, das tollste Mädchen der Schule, nein der ganzen Stadt.

Ich wählte mit zitternden Fingern die Nummer von Raimund auf meinem Handy und stammelte, als er sich persönlich meldete: »Äh … ja … äh … hier ist Kati … also, der blonde Engel … äh … ich … ich glaube, ich will doch das neue Gesicht der *Teen-Fashion*-Kampagne werden.«

Kapitel 3
Foto-Lovestory

Das wollten offenbar viele werden! Also, das Gesicht der neuen *TeenFashion*-Kampagne. Und zwar nicht nur Mädchen.

Als ich mit zitternden Knien, von Hanna und Mila angeschoben, tatsächlich bei dem Casting-Termin im City-Center auflief, traute ich ja meinen Augen kaum. Da lümmelten doch wirklich und wahrhaftig jede Menge Kerle auf dem Teppich herum.

»Ach du geföhntes Eichhörnchen!«, rutschte es Mila bei deren Anblick sofort heraus und dann zog sie mich zur Seite und meinte mit einem vielsagenden Blick auf einen großen blonden Jungen: »Was macht denn Maximilian hier?«

»Ma… Maximilian?«

»Ja, der Typ von der Gerhart-Hauptmann-Schule. Der hat mich ja mal so was von blöd angegraben. *Deine Eltern müssen für deine Augen die Sterne vom Himmel geklaut haben* … und noch so'n Sülz. Nimm dich vor dem bloß in Acht. Der ist voll der Baggerking und Süßholzraspler.«

Ich versuchte unauffällig zu dem Typ hinzusehen. Hm, eigentlich sah der gar nicht so übel aus.

Als ich wagte, das zu sagen, wurde Mila sofort

heftig. »Darauf bildet er sich aber auch jede Menge ein. Siehst du ja. Welcher normale Junge würde zu so einem Casting gehen? Doch nur ein eitler Schleimer wie der.«

Leider durften meine Freundinnen nicht mit in den Castingraum, in dem eine richtige Jury saß, darum verlangten sie beim Abschied, dass ich ihnen hinterher alles haarklein erzählen müsste. Na, da konnten sie aber Gift drauf nehmen.

Dabei war es ja nicht einmal mein erstes Fotoshooting. Als ich mit Mila bei der Verschönerungsaktion für *Sweet Sixteen* in Düsseldorf war, hatte mich dort auch ein richtiger Modefotograf für das Magazin abgelichtet. Das war noch zu meinen moppeligen Zeiten. Oh je, da fiel mir auch gleich wieder die schreckliche Szene auf dem Schulhof ein, als Vanessa ein Heft der *Sweet Sixteen* mit meinen Fotos in der Hand gehabt und mich tödlich beleidigt hatte. Vielleicht sollte ich lieber nicht noch einmal so etwas machen. War ja eigentlich megapeinlich, so von allen in irgendwelchen Werbebroschüren und auf Reklametafeln beglotzt zu werden. Das entsprach doch gar nicht meinem Wesen. Ich schluckte, aber ehe ich noch die Flucht ergreifen konnte, kam schon Raimund auf mich zu und sagte erfreut: »Klasse, Kati, dass du wirklich gekommen bist. Geh doch gleich mal da rüber zum Aufnahmeset.«

Er schob mich zu einer hell ausgeleuchteten Wand, vor der ein paar Stühle, Barhocker und eine Bar aufgebaut waren.

»Äh, was, was soll ich machen?«

Er grinste.

»Dich kurz der Jury vorstellen und dann locker hinsetzen und, wenn ich es sage, ein bisschen posen.«

Äh, ja, klar. Die einfachste Sache der Welt. Machte ich ja täglich – posen! Aber das hier war nicht mein heimisches Badezimmer und auch nicht der Garderobenspiegel im Flur. Hier schauten wildfremde Menschen zu und ich, ich konnte mich selbst gar nicht sehen. Vermutlich zog ich die abartigsten Grimassen. Am besten machte ich gar nichts und verschwand dann ganz schnell wieder.

»Hallo«, sagte eine Stimme in meine Gedanken. »Das war ja schon ein sehr hübscher Ausdruck auf deinem Gesicht. Stellst du dich denn mal kurz vor?«

Ich starrte ins Dunkel hinter den Scheinwerfern, wo offenbar die Jury saß. Schemenhaft erkannte ich einen jugendlich wirkenden Mann und eine ältere, sehr elegant wirkende Dame. Was wollte die denn hier?

Sie hatte wohl meinen fragenden Blick gesehen und sagte noch bevor ich mich vorstellen konnte: »Ach ja, ich bin übrigens Larissa Landra, die Chefin dieses Ladens, und das ist mein Sohn Gernot, der das Marketing und die PR managt. Du weißt ja sicher, dass *TeenFashion* die Jugendmarke unseres Modelabels *StyleFashion* ist.«

Äh, nein, wusste ich nicht, sagte aber nickend: »Ja, ja, klar, weiß ich und … äh … ja … es ist wirklich eine Ehre … äh … dass ich hier sein darf.«

»Stell dich vor«, zischelte mir Raimund im Vorübergehen zu und begann, eine der Fotokameras von ihrem Stativ zu drehen.

»Also, ja, dann, äh, stelle ich mich mal vor«, flüsterte ich mit plötzlich versagender Stimme. Mal gut, dass ich nicht für einen Werbefilm vorsprechen musste. Da hätte ich gleich einpacken können. Fürs Foto war es ja nicht so wichtig, da konnte man im Prinzip auch Taubstumme nehmen. Also stammelte ich kaum noch hörbar: »Ich, äh, heiße Kati, also eigentlich Katharina, aber alle nennen mich nur Kati … und ich gehe noch zur Schule und ich will mal studieren … also, wenn mein Abi dann gut wird … ja … ich habe einen Hund … und wir haben auch eine Katze und ich esse gerne Schokoküsse. Früher war ich ziemlich dick und durfte das nicht, aber jetzt bringt meine Mutter mir manchmal eine ganze Schachtel mit, weil ich nämlich eine Bohnenstange geworden bin. Aber mein Vater sagt, ich bin ein Schwan …«

Ach du liebes bisschen! Drehte ich denn am Rad? Was schwafelte ich denn da für ein grottiges Zeug? Das ging doch hier niemanden etwas an; die hielten mich doch garantiert jetzt für völlig plemplem. Ich merkte, wie ich bis in die Ohrläppchen hinein rot anlief, drehte mich auf dem Absatz um und stürzte aus dem Set und zur Tür.

»Äh, ich bin dann mal weg«, stieß ich noch hervor, was wegen dem Überdruck, mit dem es mir aus dem Mund ploppte, und nach dem Geflüster vorher unnatürlich laut klang und mich selber erschreckte. Hinter mir erschallte Gelächter. Na prima, das war es dann wohl. Voll vermasselt.

Ich riss die Tür auf und bretterte in jemanden hinein, der offenbar daran gelehnt hatte, um zu lauschen. Wir rasselten zusammen und konnten grade noch verhindern, dass wir gemeinsam zu Boden gingen. Als wir das Gleichgewicht wiedergefunden hatten, hing ich im Klammergriff eines blonden Jungen. Liebes Lieschen, das war doch nicht etwa *der* große Blonde?! Es war *der* große Blonde, vor dem Mila mich gewarnt hatte. Der Baggerking von der Gerhart-Hauptmann-Schule, der auch sofort seinem Ruf alle Ehre machte. Er ließ mich los und meinte mit einem leicht gönnerhaften Lächeln: »Ich bin ja einiges gewöhnt, aber das war die stürmischste Anmache, die ich je erlebt habe.«

Dem war ja wohl das Gehirn verschmort. Wo, bitte schön, hatte ich ihn denn angemacht? Der litt ja echt nicht an Minderwertigkeitskomplexen. Ich schluckte und hinter mir flashte ein Blitzlicht auf, und ich hörte Raimunds Lachen.

»Wo ihr schon so schön beieinandersteht«, meinte er, »könnt ihr gleich mal zusammen reinkommen.« Er ergriff mich am Arm und zog mich wieder zurück in den Juryraum. Maximilian von der Gerhart-Hauptmann-Schule folgte uns.

Der Sohn der Besitzerin von *TeenFashion*, dieser Gernot, war nun aufgestanden und kam uns entgegen. »Wo wolltest du denn so eilig hin, Kati?«, fragte er mit einem leichten Grinsen im Gesicht. »Schokoküsse holen?« Ich senkte verlegen den Blick und suchte nach einer Ausrede, als Maximilian den Ball sofort aufgriff.

»Ich kann leider nur echte Küsse anbieten, tun's die auch?«

Gelächter, in das hinein ich stammelte: »Ich äh, dachte … also wegen dem Make-up … ich dachte … das müsste noch aufgefrischt werden … deswegen wollte ich noch mal schnell in den Waschraum …« Maximilian warf ich bei diesen Worten einen bitterbösen Blick zu. Was nahm der sich eigentlich raus?

Ich sah Gernots Gesicht an, dass er mir kein Wort glaubte, aber er sagte sanft: »Das machen wir doch hier, Kati. Schau, da drüben sitzt unsere Visagistin mit ihrem Schminkköfferchen.«

Ich atmete tief durch und zählte bis drei. Das hatte ich mir in Stresssituationen so angewöhnt und das hätte ich eben auch mal lieber machen sollen, statt wie eine Verrückte aus dem Raum zu stürzen. Jetzt musste ich mich unbedingt zusammenreißen und eine gute Figur abgeben. Wenn dieser Maximilian in der Gerhart-Hauptmann-Schule herumerzählte, dass ich mich wie ein wildes Huhn aufgeführt hätte, dann konnte ich mich auf keiner Party dort mehr sehen lassen. Und das wäre schade, denn die Schulfeste hatten einen ziemlich legendären Ruf. Also, Kati, jetzt mal am Riemen gerissen! Ich gab mir einen Ruck und beschloss, die Sache rasch hinter mich zu bringen. Einen Moment konnte ich mich noch sammeln und mental auf das Fotoshooting vorbereiten, weil Maximilian sich der Jury vorstellte. Ich hätte mal besser hingehört, aber ehrlich gesagt hatte ich mit mir selber genug zu tun und dieser Typ interessierte mich im Grunde nicht mehr als die Phobien von irgendeinem Möchtegern-Dschungelstar, der in Kakerlaken badete und schleimige Maden futterte. Na gut, war jetzt nicht das Thema. Als Maximilian fertig war, schob Raimund uns jedenfalls zusammen zum Set und wir mussten an der Bar ein verliebtes Pärchen spielen. Ach herrje – ausgerechnet! Wenn ich das Mila erzählte, die würde ja austicken. Erst stellte ich mich wohl ziemlich steif und dämlich an, aber dann war es doch ganz lustig und ich wurde zusehends lockerer. Ich glaube, es lag an Maximilians Art. Er war zwar irgendwie ein eitler Fatzke, aber weil er wirklich einen unerschöpflichen Vorrat an zum Teil echt witzigen Baggersprüchen zu haben schien, kam ich aus dem Lachen kaum noch heraus.

»Ist hier ein Sanitäter?«, fragte er grade flüsternd ganz nahe an meinem Ohr. »Bei deinem Anblick kriege ich nämlich total das Herzflattern.« Und als ich rot anlief, säuselte er: »Rote Wangen, blondes Haar, man sagt, dann ist ein Engel nah.«

Kotz, spei! Bei so viel Schleim müsste einem ja eigentlich übel werden. Doch Maximilian brachte selbst die peinlichsten Sprüche mit einem unglaublichen Charme an die Frau und ich fühlte mich wirklich ein wenig geschmeichelt. Aber als er dann noch röchelte: »Hilfe, ich ersticke, Katis Anblick nimmt mir den Atem«, da war es Raimund dann doch zu viel und er sagte trocken zur Jury: »Ich glaube, wir müssen auf Maximilian verzichten, er hat offenbar eine sehr instabile Gesundheit. Geht ja nicht, dass der uns dann bei den Aufnahmen umkippt.«

Von da an hatte es sich erst mal ausgebaggert und es herrschte Ruhe am Set.

Aber als mich Raimund etwas später »seinen blonden Engel« nannte, da brachen bei Maxi – so durfte ich ihn nach den ersten Fotos nennen – erneut sämtliche Dämme. Der Knabe konnte offenbar nicht anders.

»Du bist echt eine geile Braut«, flüsterte er mir zu. »Bist du eigentlich eine Pushi oder ist das alles echt in deinem Shirt?« Uups, ich merkte, wie ich unter den Achseln anfing zu triefen. Was ging denn mit dem? Ich beschloss seine Frage besser zu ignorieren, als er von Raimund aufgefordert wurde, sich mal vor mich hinzuknien und seinen Kopf an meinen Bauch anzulehnen, weil das so romantisch rüberkäme.

Er gab einen kleinen lustvollen Grunzer von sich und sagte seufzend: »Mein blonder Engel, lass mich deinen Nabel küssen!«

Gelächter und die Bemerkung von Raimund: »Jetzt lass mal stecken, Maxi, sonst wird die Kati wieder rot und wir müssen nachpudern. Draußen stehen noch andere Kandidaten, wir müssen allmählich mal zu Potte kommen.«

Maxi riss sich sofort wieder zusammen und hielt die Klappe. Darin war er echt professionell. Wir machten noch ein paar Posen und dann war es endlich vorbei. Nichts wie raus, dachte ich, schnappte meine Sachen und stürmte mit einem flüchtigen »Ciao« davon. Von denen würde ich eh nie wieder etwas hören.

Was für eine Schnapsidee, überhaupt hierherzukommen. Und alles nur, um Tobi zurückzugewinnen. Dabei wusste ich nicht mal, ob ihn so ein Modelkram überhaupt beeindruckte. Ach, egal. Am besten vergaß ich die Sache jetzt ganz schnell. Kati war einfach nicht der Typ, der von Litfaßsäulen herunterlächelnd Jungs um den Verstand brachte. Da war keine Romantik gefragt, sondern Sexappeal! Und davon hatte offenbar selbst Frau Frühauf mehr als ich.

Aber ich hatte mal wieder nicht mit Hanna und Mila gerechnet. Die hatten nämlich treu auf mich gewartet und brannten nun darauf, mich nach allen Regeln der Kunst auszuquetschen. Wirklich, sie zerrten mich in die nächstbeste Eisdiele und dann musste ich ihnen bei einer Latte macchiato alles haarklein erzählen. Als die Sprache auf Maximilian kam, kriegte Mila sich ja überhaupt nicht mehr ein.

»Es ist wirklich schade«, sagte sie schließlich immer noch prustend, »dass Raimund mich nicht auch eingeladen hat. Die Augen von dem Hirni hätte ich sehen mögen. Gott, was hatte der für platte Sprüche drauf.«

Da konnte ich Mila im Prinzip nur zustimmen. »Mich hat er auch gleich angegraben und wisst ihr, was er mich gefragt hat …?«

»Nee, was denn?«

»Ob ich einen Push-up-BH trage oder ob das alles echt ist!«

Lautstarkes Gewieher und verwunderte Blicke von den Nachbartischen.

»Und was hast du gesagt?«, fragte Mila. »Ob er einen Eierwärmer trägt oder ob seine Murmeln wirklich so dick sind?«

Himmel, das Mädchen war zurzeit aber wirklich krass drauf. Konnte es sein, das sie mit Markus nicht richtig ausgelastet war? Ich kicherte, blieb eine Antwort aber lieber schuldig. Das musste ich ihr nun nicht auf die Nase binden, dass ich vor Verlegenheit rote Ohren bekommen hatte.

»Okay«, sagte Hanna und stand auf. »Dann war das jedenfalls eine im wahrsten Sinne *geile* Erfahrung. Mila hat offenbar, was Maxi angeht, nicht zu viel versprochen. Gut, dass du mit dem nichts weiter zu tun hast.«

Sie stand auf und verabschiedete sich, weil sie noch ins Jugendzentrum B248 fahren wollte, wo Brians Band heute probte.

»Und …«, fragte Mila auf dem Heimweg. »Wie ist so dein Gefühl?«

»Gefühl?«

»Na ja, meinst du, du hast was gerissen bei dem Casting?«

»Gerissen? Was soll ich denn da gerissen haben?«

»Himmel! Ob die dich nehmen?«

Ich zuckte die Schultern.

»Keine Ahnung. Das war alles irgendwie sehr strange ... echt merkwürdig ... also, wenn ich ehrlich bin ... nein, auf keinen Fall ... ich habe mich einfach zu ungeschickt und zu schüchtern angestellt.«

Mila machte ein enttäuschtes Gesicht.

»Du hättest es bestimmt besser gemacht«, sagte ich tröstend. »In so einem Job muss man total selbstbewusst auftreten und ich glaube, eine freche Klappe, wie du sie hast, kann da nicht schaden.«

»Tja«, meinte Mila und man hörte ihr den Frust an. »Dafür kann ich mir aber auch nichts kaufen.«

»Die wissen gar nicht, was ihnen entgangen ist«, sagte ich.

»Nee, wissen die nicht. Aber irgendwann zeige ich es denen und bewerbe mich bei *Germany's next Topmodel!*«

»Klar, und dann kommst du aufs Titelblatt der *Cosmopolitan!*« Lachend trennten wir uns.

Ich hatte das Fotoshooting schon fast wieder vergessen, als mich Vanessa in der Tanz-AG von der Seite anquatschte: »Sieh an, unsere Kati spielt Model. Möchtest du mal wieder deinen Typ verändern? Was steht denn diesmal an: von der Planschkuh zur Knochenschleuder?« Und zu Carmen sagte sie: »So eine ausgeschossene Spargelstange nehmen die doch bei *TeenFashion* nie. Die wollen ihre Klamotten schließlich verkaufen. Kati ist doch einfach nur abtörnend. Selbst Tobi will ja nicht mal mehr was von ihr wissen.«

Ich bin ja wirklich kein gewalttätiger Mensch, aber in dem Moment hätte ich Vanessa echt erwürgen können. Von mir aus sollte sie über dieses dumme Casting lästern, aber so über Tobi und mich zu reden, das war einfach nur gemein.

Wie immer kam mir Mila mit der Retourkutsche zuvor. So schnell wie die mit dem Mund war, so rasch konnte ich nicht mal denken. »Nimm das sofort zurück!«

»Püh! Warum? Stimmt doch alles, nicht wahr, Carmen?«

Oh Mist, jetzt hatte Mila alles nur noch schlimmer gemacht, denn natürlich stimmte Carmen Vanessa zu.

Ich zog Mila weg, damit sie mich nicht noch mehr blamierte, aber sie schimpfte lautstark in Vanessas Richtung: »... du hast doch Hirnblähungen, wenn du ...«

»Wenn sie was?«

Frau Berger hatte den Gymnastikraum betreten und hatte wohl unser hektisches Wortgefecht gerade noch mitbekommen.

»Ach nichts«, blockte Mila jedoch ab. Und weil Frau Berger die Musik anmachte und um Aufstellung bat, hatten wir erst mal anderes zu tun.

Wir probierten die neue Choreografie für die Schulfestaufführung und da musste sich jeder konzentrieren. Ich kam ganz gut in die Schrittfolge rein, als ich plötzlich von hinten einen Tritt in der Ferse spürte, aufschrie und natürlich alles verstolperte.

»Kati«, tadelte mich Frau Berger, »nun pass doch ein bisschen auf. Jetzt müssen wir deinetwegen noch mal von vorne beginnen.«

Da riss mir aber wirklich der Geduldsfaden! Wenn ich auch sonst Lehrern gegenüber eher zurückhaltend bin, war ich diesmal so wütend, dass es mir anklagend herausflutschte: »Ich, wieso soll *ich* aufpassen? Vanessa hat mir voll von hinten in die Ferse getreten. *Die* soll mal lieber aufpassen!«

Aber natürlich hatte Frau Berger außer meinem Stolperer nichts mitbekommen und meinte darum in tadelndem Tonfall: »Kati, wenn man einen Fehler gemacht hat, dann steht man dazu und beschuldigt keine Mitschülerinnen.«

»WAS?« Wie ungerecht war das denn. Vanessa trat mir in die Hacken und ich kriegte auch noch den Ärger? Ich ließ mich auf den Gymnastikboden fallen, zerrte Schuh und Strumpf vom Fuß und zeigte auf die leicht gerötete Ferse. »Und das, was ist das? Da hab ich mich wohl selber getreten?«

Ringsum brach alles in albernes Gelächter aus und Vanessa kreischte mit ihrem schrillen Organ: »Ein Pferd wird es ja wohl kaum gewesen sein! Oder doch? Hilfe, Sanitäter! Kati wurde von einem Pferd getreten!«

»Gebissen vermutlich auch«, gab Carmen noch wie eine Schlange zischelnd ihren Senf dazu.

Frau Berger stellte die Musik leiser und klatschte in die Hände. »Lass diesen Unsinn, Kati. Setz dich auf die Bank und zieh den Schuh wieder an. Wir wollen weitermachen, sonst schaffen wir die Choreografie nicht bis zum Schulfest.« Und sehr allgemein sagte sie in den Raum: »Ich wünsche hier keinen Zickenkrieg, ist das klar? Wenn ihr was miteinander auszufechten habt, dann klärt das außerhalb des Unterrichts.«

Blablabla ... Ich nahm meinen Turnschuh und die Socke und verließ den Gymnastiksaal. Sollten die doch ohne mich tanzen. Solange Vanessa in der Gruppe war, verdarb sie mir ohnehin den ganzen Spaß. Ich humpelte in die Umkleide, zog den Schuh wieder an und verzog mich aufs Mädchenklo. Da lief mir dann eine einsame Träne über die Wange, denn ich hatte noch zu deutlich Vanessas fiese Stimme im Ohr, als sie sagte: »Kati ist doch voll abtörnend, nicht mal der Tobi will mehr was von ihr.«

Schluchzend saß ich auf dem Klodeckel, barg den Kopf in meinen Händen und fragte mich, was wäre, wenn sie recht hätte ...

Sie hatte nicht recht. Jedenfalls nicht, was *Teen-Fashion* anging.

Ich saß am Nachmittag gerade frustriert über den Matheaufgaben für Rumpelstilzchen, als mein Handy seinen teuren Klingelton abdudelte. Felix hatte mir fast den Kopf abgerissen, als sie die Rechnung dafür bekam. Besonders ärgerlich war sie, weil ich mit der Bestellung unwissentlich gleich ein ganzes Abo erworben hatte. »Achtzehn Euro jeden Monat für nichts!«, hatte sie geschimpft. Und weil sie das eigentlich nie tat, also richtig mit mir schimpfen, hatte ich offenbar wirklich Mist gebaut.

Sie kündigte das Abo natürlich sofort, aber sofort ging da schon mal gar nichts … schließlich hatte sie es nach einem endlosen Hin und Her dann doch geschafft.

Na ja, ist jetzt auch egal, aber ich lad bestimmt keine Klingeltöne mehr runter. Mein Handy dudelte also seinen überteuerten Klingelton, als ich frustriert an den Matheaufgaben saß. Da ich dachte, dass es ein Anruf von Mila oder Hanna wäre, meldete ich mich etwas lässig mit: »Oh, Mann, Rumpelstilzchen glaubt wohl, wir hätten außer von ihm keine Aufgaben. Ich sitz schon seit über einer Stunde an Mathe!«

»Sehr interessant«, sagte eine mir unbekannte Stimme.

Uups! Wer war denn das? Wie peinlich!

»Spreche ich mit der Kati?«

»Äh, ja …«

»Ich bin die Veronika von *StyleFashion*, ich soll dir sagen, dass du unter die letzten drei des Fotoshootings gekommen bist und wir würden dich gerne für die Endausscheidung am Samstagabend in die Filiale von *TeenFashion* im City-Center einladen. Passt das bei dir?«

Die letzten Worte hörte ich nur noch ganz leise,

denn mir war vor Schreck das Handy aus der Hand gefallen. Schnell nahm ich es wieder ans Ohr.

»Kannst du, äh, das noch mal sagen …?«, stammelte ich völlig durch den Wind. Diese Veronika hatte doch nicht wirklich gesagt, dass ich in die Endausscheidung gekommen war? Doch, hatte sie. Sehr freundlich wiederholte sie alles und meinte dann: »Geht das klar bei dir, Kati?«

Ich stotterte meine Zustimmung.

»Super«, jubilierte Veronika mit professionell klingendem Enthusiasmus in mein Gehör. »Dann freuen wir uns auf dich.« Und schwups war sie weg.

Ich weiß nicht, wie lange ich völlig perplex mein Handy angestarrt hatte, aber irgendwann löste sich die geistige und körperliche Starre in einem für mich völlig unüblichen Schrei. Ob es ein Schrei der Freude oder des Entsetzens war, sei mal dahingestellt. Da war ich mir nämlich selber nicht sicher. Dann rief ich sofort bei Hanna an.

Nachdem ich ihr von dem Anruf erzählt hatte, war auch sie erst mal einen Moment sprachlos, aber dann sagte sie begeistert: »Mensch, Kati! Das ist ja toll! Das ist ja ganz, ganz toll! Herzlichen Glückwunsch!«

Und weil sie meinte, das müssten wir unbedingt feiern, versprach sie, gleich nach den Aufgaben mit Mila bei mir vorbeizukommen. »Setz schon mal das Teewasser auf!«

Als die beiden dann eintrudelten und wir es uns auf meinen indischen Sitzkissen bei Kerzenlicht und

Yogi-Tee gemütlich machten, war ich aber schon wieder total nervös. Schließlich hieß Endausscheidung, noch mal den ganzen Stress zu erleben, und ehrlich gesagt hatte ich darauf gar keinen Bock. Eigentlich hatte ich diesen Schwachsinn doch schon abgehakt. In Bezug auf Tobi brachte das ja sowieso nichts. Der hatte natürlich, weil Vanessa es überall herumposaunte, inzwischen auch Wind von der Sache bekommen und war deswegen kein bisschen netter zu mir geworden. Im Gegenteil. Als wir uns zufällig am Bus begegneten, fragte er: »Machst du wirklich bei diesem Casting für *TeenFashion* mit? Vanessa hat da so was erzählt.«

Als ich nickte und sagte, dass ich sogar in die Endausscheidung gekommen wäre, da sah er mich von Kopf bis Fuß an und meinte dann total uncharmant: »Na ja, wenn du dich zum Vollhonk machen willst. Ist ja deine Sache.«

Wir sprachen während der ganzen Fahrt kein Wort mehr miteinander, sondern sahen beide sehr angestrengt zum Fenster raus. Um nicht heulen zu müssen, biss ich mir fast die Lippe blutig und ich war froh, als endlich meine Haltestelle kam. Was war denn nur aus uns geworden?

Was ist nur mit uns gescheh'n, warum will denn nichts mehr geh'n, warum tut mein Herz so weh, wenn ich dich seh …?

»Tobi findet es nicht gut, dass ich bei dem Casting mitmache«, sagte ich deprimiert aus diesem Gedanken heraus. »Ich dachte, er bewundert mich deswegen, aber nein, er beleidigt mich stattdessen. Er hat gesagt, ich wäre ein Vollhonk. Es hat überhaupt nichts gebracht. Im Gegenteil, ich glaube, er liebt mich wirklich nicht mehr. Er denkt, ich blamiere ihn. Er wird sich garantiert von mir trennen ...«

Die Tränen ließen die Gesichter meiner Freundinnen vor meinen Augen verschwimmen.

»Sind wir überhaupt noch zusammen?«, fragte ich.

Mila zuckte die Schultern und Hanna nahm mich in den Arm. »Mensch, Kati! Nun hör doch mal auf, dein ganzes Leben immer nur nach Tobi auszurichten. Es geht doch nicht darum, was *er* will, sondern, was *du* gut findest.«

»Aber ich finde so ein Casting doch auch nicht gut. Ich bin da nur reingeschlittert. Ich hätte nie mitgemacht, wenn ihr mich nicht überredet hättet ...«

Mila ging hoch. »Nun mach *uns* aber nicht dafür verantwortlich, wenn *du* Stress mit Tobi hast! Du bist ja wohl alt genug, selber zu entscheiden. Du hättest nur klar ›Nein‹ zu sagen brauchen. Aber du eierst ja immer rum, wenn es um Entscheidungen geht.«

»Das ist gemein!«, jaulte ich auf.

»Stimmt aber leider«, fiel mir nun auch noch Hanna in den Rücken.

»Schöne Freundinnen seid ihr!«

Sie merkten nun wohl, dass die Sache zu eskalieren drohte und so fuhren beide etwas zurück. Hanna schaffte es dann durch gutes Zureden auch, mich wieder zu besänftigen.

»Du gehst natürlich zu dieser Endausscheidung«, sagte sie bestimmt. »Stell dir nur mal das Gesicht von Vanessa vor, wenn die hört, dass du unter die letzten drei gekommen bist. Mensch, Kati, das heißt doch, du stehst auf dem Treppchen. Mann, was hätte ich mich gefreut, wenn mir das beim Laufen mal passiert wäre.«

Sie sagte das so begeistert, dass ich gar nicht anders konnte, als mich anstecken zu lassen.

»Okay«, stimmte ich zu, »bringen wir es also zu Ende. Aber danach müsst ihr mir auch helfen, Tobi wieder zurückzugewinnen.«

»Klar, machen wir, wenn du es unbedingt willst«, sagte Mila mit deutlichen Zweifeln in der Stimme, »aber nur, wenn du uns erklärst, warum du ihn nicht einfach weiter hinter Frau Frühauf herdackeln lässt.«

Ich guckte beschämt in die Kerzenflamme, die leicht flackerte, so als wäre der Hauch eines flüchtigen Gedankens an ihr vorbeigeflogen. Leise sagte ich: »Weil ich ihn liebe, vielleicht.«

Ach herrje! Als ich mit Mila und Hanna am Samstagabend bei *TeenFashion* im City-Center auflief, blieb mir glatt die Spucke weg. Was war denn hier los? Ein Teil der Verkaufsfläche war in eine Disco umfunktioniert worden und ein kleines Siegerpodest strahlte neben der DJ-Anlage im Scheinwerferlicht. Wieder befiel mich ein urmenschlicher Fluchtinstinkt, aber meine Freundinnen zwangen mich standzuhalten. Auch Raimund trug natürlich dazu bei, dass ich wider besseres Wissen doch blieb, und natürlich Vanessa. Als ich die unter den Zuschauern entdeckte, da war mir klar, dass ich nun nicht mehr kneifen konnte. Das wäre mein absoluter Untergang in der Schule gewesen. Nee, da musste ich jetzt durch und dabei eine möglichst gute Figur machen. Auch wenn ich innerlich ein bibberndes Nervenbündel war, nach außen musste ich absolut cool und professionell rüberkommen. Vor dieser Zicke würde ich mir doch keine Blöße geben! Leider war Vanessa nicht alleine gekommen. Sie hatte nicht nur Carmen im Schlepptau, sondern auch noch Knolle und Kiwi und natürlich ließen die gleich wieder ihre hirnrissigen Sprüche ab.

»Ui, Kati«, trötete Kiwi bei meinem Anblick los, »kann ich ein Autogramm haben?«

»Sicher«, versuchte ich cool zu bleiben, »wohin denn? Mit der Spritzpistole auf den nackten Hintern?«

Mila, die neben mir stand, kriegte den Mund nicht mehr zu.

»Mensch, Kati«, kicherte Hanna, »wo hast du den Spruch denn her, den muss ich mir merken.«

Und Kiwi nölte sauer: »Nu entschleunige mal, Perle.« Dann verzog er sich mit Knolle zum Abtanzen.

Schließlich war es so weit. Der Laden war gerammelt voll, und bevor nichts mehr ging, sperrten sie den Eingang ab. Ein offenbar extra engagierter Entertainer machte ein paar Späßchen und moderierte dann den weiteren Ablauf der Show. Eigentlich hatte ich nun erwartet, dass es noch mal eine richtige Ausscheidung geben würde, aber darin hatte ich mich getäuscht.

»Du«, sagte Mila, »ich habe mich grade erkundigt. Die verkünden jetzt nur noch die Gewinner. Das heißt, du bist auf jeden Fall schon mal dritte Siegerin!«

»Wo sind denn eigentlich die anderen Mädchen?«, fragte ich und sah mich um. In dem Moment kam Raimund zu uns rüber.

»Kannst du jetzt mal die Hand deiner Freundin loslassen, Kati?«, fragte er mit ironischem Lächeln. »Ist ja nur für einen Moment. Kannst ja so lange meine nehmen.«

Er griff nach meiner Pfote und zog mich in die Nähe des Podestes. Und da sah ich sie – meine beiden Konkurrentinnen. Oh Himmel, waren die schön! Denen konnte ich ja nicht mal das Wasser zum Füßewaschen reichen. Die eine hieß Cindy, hatte unglaublich grüne Augen und eine lange lockige rotblonde Mähne. Die andere hatte ein Gesicht wie aus Marmor, so glatt und weiß, kohlenschwarze Augen und pechschwarze kinnlange Haare. Sie hieß Philomena, was wahrscheinlich ihr Künstlername war, denn so taufte doch kein Mensch sein Kind. War aber auch egal. Ich starrte die beiden an und verglich sie mit meinem Spiegelbild, das ich vorhin noch kritisch prüfend betrachtet hatte, als ich mich für das Event ein wenig zurechtgemacht hatte. Mein schickstes Top und die neue enge Jeans hatte ich angezogen, die Augen mit blauem Lidschatten leicht betupft und die Wimpern kräftig mit Supermascara getuscht. Ich hatte einen zarten Lippenstift in einem warmen Orangeton gewählt und war eigentlich insgesamt mit meinem Erscheinungsbild dann ziemlich zufrieden gewesen. Ich fand mich natürlich und frisch. Aber als ich nun diese beiden atemberaubenden Schönheiten sah, da fühlte ich mich nur noch blass, farblos und uninteressant. Wie ein langweiliges, normales Mädchen von nebenan aus der Nachbarschaft.

Und damit war mir klar, dass ich mehr als froh sein konnte, den dritten Platz gemacht zu haben. Vermutlich nur wegen meiner schönen blonden Haare, die Raimund zu dem Vergleich mit dem blonden Engel hingerissen hatten. Okay, die waren ja auch wirklich schön und ich begriff nicht, wie ich mich jemals dazu entschließen konnte, sie für eine blöde Typveränderung abschneiden zu lassen. Na ja, sie waren ja jetzt fast wieder auf ihre alte Länge nachgewachsen.

Eine Art Fanfare ertönte und der Conférencier ergriff das Wort. Er machte ein paar Scherze, begrüßte die Eignerin von *StyleFashion,* Larissa Landra, und ihren Managersohn Gernot, erzählte etwas über die unglaubliche Chance, die sich nun einer der Kandidatinnen bieten würde, sich einen Namen in der Modelszene zu machen und den wunderbaren Job bei *TeenFashion* zu bekommen. Na, ich würde das jedenfalls nicht sein, was Tobi sicher freute.

Aber Dritte war ich dann auch nicht. Völlig überrascht sah ich, wie der Typ auf seine Karteikarte blickte und dann die marmorne Philomena aufrief. Sie bestieg das Treppchen, stellte sich brav und sichtlich enttäuscht auf Platz drei und bekam einen Umschlag mit einem Einkaufsgutschein überreicht. Das fand ich dann ganz toll. Ein bisschen Geld für neue Klamotten war ja wirklich nicht schlecht. Dann hatte sich der Stress ja doch etwas gelohnt. Ich scharrte geradezu mit den Hufen, weil ich mich bereit machte, um nun ebenfalls auf das Podest zu steigen und die Beute einzufahren. Doch erst mal passierte ein Irrtum, denn statt meiner wurde die tolle rotblonde Cindy aufgerufen. Sie sah mich ziemlich perplex an und ich sagte darum auch sofort: »Das ist ein Irrtum, Cindy, der hat die Namen verwechselt. Du hast gewonnen. Er meint mich.«

Aber er meinte nicht mich. Weil Cindy immer noch wie Lots Weib zur Salzsäule erstarrt war, rief er sie noch ein zweites Mal auf und im selben Moment war kein Irrtum mehr möglich. Ich hörte Mila laut aufjuchzen, sah, wie sie durch die Menge zu mir herüberruderte und hatte sie Sekunden später am Hals hängen. »Du hast gewonnen, Kati!«, schrie sie mir so laut ins Ohr, dass mir fast das Trommelfell platzte.»Du hast gewonnen, *du* bist das neue Gesicht von *TeenFashion*!!!!!«

Und hätte ich noch irgendeinen Zweifel gehabt, der Blick in Cindys Gesicht beseitigte ihn. Die schaute mich ja so was von giftig an. Wirklich, wenn neidische Blicke töten könnten, ich wäre auf der Stelle tot umgefallen.

Raimund schob Cindy nun zum Podest, und als der Conférencier dann sagte: »And the winner is: Kati!«, da brach ein riesiger Jubel los und alle klatschten Beifall. Ich wusste gar nicht, wie mir geschah. Raimund nahm meine Hand und führte mich höchstpersönlich zum Podest. Dabei sagte er zu mir: »Herzlichen Glückwunsch, mein Engel! Habe ich dir zu viel versprochen?«

Ich sah ihn ungläubig an. »Ich habe dich von Anfang an haben wollen«, sagte er. »Ein so natürliches Mädchen wie du ist der beste Botschafter für die Mode von *TeenFashion*!«

Ich stolperte das Podest hoch und hörte Kiwi brüllen: »Das ist Kati, die ist aus unserer Klasse, Kati, Kati, zickezackezickezacke Hühnerkacke!!!«

Und dann bekam ich einen kleinen Pokal in die Hand gedrückt und einen einfachen weißen Briefumschlag.

»Darin ist der Vertrag«, erklärte der Conférencier. Von Klamottengutschein sagte er leider nichts. Ich nahm das Kuvert zitternd entgegen. Was würden nur meine Eltern dazu sagen? Würden sie mir erlauben, neben der Schule als Fotomodel für die neue

TeenFashion-Kampagne zu arbeiten? Und meine Mitschüler und Lehrer ... oh je, da hatte ich mir ja was eingebrockt. Ich starrte erschüttert in die Menge, die mir, der ganz und gar unglamourösen Kati, immer noch wie verrückt Beifall spendete. Wofür eigentlich? Weil ich in den Augen einiger Modemenschen der schönste Schwan war, der je eine Bohnenstange verschluckt hatte?

Aber der Contest war noch nicht zu Ende. Die Werbekampagne sollte nämlich als eine Foto-Lovestory aufgezogen werden und dazu brauchte ich natürlich einen männlichen Partner und der war – fast wäre ich in Ohnmacht gefallen – niemand anders als der männliche Sieger: Maximilian von der Gerhart-Hauptmann-Schule. Es half nichts, ich musste mit ihm zum gemeinsamen Foto aufs Podest. Natürlich schlang er gleich seinen Arm um mich und nahm mich in seinen berüchtigten Klammergriff. Und um das Ganze noch zu toppen, zog er mich total nah an sich ran und drückte mir einen fetten Schmatzer auf den Mund. Die Blitzlichter der Pressefotografen flashten auf, und als Maxi mich losließ und ich wieder einigermaßen gucken konnte, sah ich genau in die Augen von Tobi, der direkt vor dem Siegerpodest stand. Was machte der denn hier?

Aber ehe ich die Frage aussprechen konnte, drehte er sich um und verschwand wortlos in der Menge. Wo er eben noch gestanden hatte, lag auf dem Boden eine rote Rose, aber sie war geknickt.

Kapitel 4
Hexe Kati kann's nicht lassen

»Ich befürchte, mit Tobi ist nun wirklich Schluss«, sagte ich seufzend und erzählte Hanna und Mila von der geknickten Rose. Ob er mir die schenken wollte? Wahrscheinlich, und dann knutscht mich ausgerechnet in dem Moment dieser Maximilian. Ich war todunglücklich.

»Das war aber auch wirklich Pech«, meinte Hanna.

»Pech oder nicht«, stöhnte ich, »Tobi denkt doch bestimmt, dass wir was miteinander haben.«

»Na ja«, meinte Hanna realistisch. »So abwegig ist der Gedanke schließlich nicht. Immerhin macht ihr ja nun gemeinsam die Aufnahmen für die Kampagne.«

Ich nickte. »Und die soll auch noch ausgerechnet im Stil einer Foto-Lovestory gemacht werden. Händchen halten, Küsschen, Eifersucht … die ganze Palette der großen Gefühle – und immer ich und Maxi!«

»Du Ärmste«, mischte sich nun Mila ein, »aber das heißt doch nicht, dass Maxi was mit dir anfangen will. Außerdem gehören zu einer Beziehung immer zwei. Und ich denke, du bist nicht so blöd, dich mit so einem einzulassen.«

»Wer weiß«, sagte Hanna lachend. »Gelegenheit macht Liebe! Ich konnte dem süßen Gerard beim Eurostar-Casting schließlich auch nicht widerstehen.«

»Konntest du doch«, muffelte ich, weil meine Freundinnen mir offenbar keine Widerstandskraft zutrauten, »schließlich hast du dich ja mit Branko ausgesöhnt und bist bei ihm geblieben. Wenn es bei dir geklappt hat, dann wird es doch wohl auch bei mir und Tobi funktionieren. Verrat mir einfach, was du gemacht hast!«

Aber Hanna hatte leider kein Patentrezept für mich zur Hand, im Gegenteil: »Es wäre wirklich leichter, dir etwas zu raten, wenn Tobi nicht ständig hinter Frau Frühauf her wäre. Man könnte wirklich meinen, dass er für sie schwärmt.«

Hannas Worte platzten wie eine Bombe in unsere gemütliche Runde. Wir saßen beim Italiener und feierten bei einer Familienpizza meinen Vertrag mit *TeenFashion*. Mir fiel bei Hannas Worten fast das Besteck aus der Hand und Mila brach in einen bellenden Husten aus, weil sie sich offensichtlich vor Schreck an ihrem Pizzabissen verschluckt hatte.

»Wie abartig«, stieß sie schließlich keuchend hervor.

»Aber du«, sagte ich muffig, denn so abartig fand ich den Gedanken von Hanna gar nicht. Wäre ja nicht das erste Mal in unserer Klasse, dass sich ein Schüler in einen Lehrer verliebte.

»Häh? Ich? In Frau Frühauf?« Mila starrte mich

irritiert an. Gott, so blöd konnte sie doch nicht sein!?

»Natürlich nicht *du* in Frau Frühauf«, sagte ich sauer, weil sie mich offenbar veräppeln wollte. »Weiß ja wohl jeder noch, wie du hinter Pit Winter hergejappert bist! So was von verknallt!«

»Das war was anderes …«, sagte Mila und klang ein wenig kleinlauter als noch zuvor.

»Ah ja, große Liebe vermutlich, aber bei Tobi ist es abartig, wenn er Frau Frühauf anschmachtet.«

»Ist es doch auch«, sah Mila zwischen sich und Tobi nach wie vor gravierende Unterschiede, die ich allerdings nicht erkennen konnte. Sie war Pit Winter hinterhergerannt und hatte sogar in der Bio-AG für ihn Fliegen gezählt und Tobi rannte hinter Frau Frühauf her und trug ihr die Materialien für den Sexualkundeunterricht in den Bioraum. War ja wohl alles gleich bescheuert.

»Hört auf zu streiten«, mischte Hanna sich vermittelnd ein und sprach mir gleich aus der Seele. »Es ist doch in jedem Fall ziemlich daneben, wenn sich Schüler in Lehrer verlieben. Wenn Tobi das nicht kapiert, dann muss man was dagegen tun.«

Mila schluckte ihren Ärger herunter und fragte kooperativ: »Ja, sollte man machen, aber was? Ihr, äh, wisst ja, dass ich, na ja, nicht wirklich an euren klugen Ratschlägen interessiert war, damals, als es mich erwischt hatte …«

Wir grinsten uns an. Da hatte sie aber was Wahres gesagt. Sie war völlig unzugänglich gewesen – nicht mal richtig eingeweiht hatte sie uns und dann tauchte sie plötzlich völlig verheult bei mir auf und jammerte darüber, dass ihre Mutter was mit Pit Winter hätte. Dabei würde sie ihn doch viel mehr lieben und blablabla ... Liebes Lieschen, das war vielleicht was! Gut, dass das vorbei und sie nun mit Markus glücklich war. Als ich das dachte, brach natürlich schon ein bisschen Neid bei mir durch und ich fragte mich, warum ich mit Jungs nur solches Pech hatte. Erst ließ mich Florian an meinem Geburtstag hängen, weil er sich in eine andere verliebt hatte, Brian nutzte mich nur für die Mathenachhilfestunden aus und nun stieg Tobi, mein Rosenkavalier und Lebensretter, einer Lehrerin nach! Und die sah auch noch viel besser aus als ich!

»Er ist ja sooooo gemein«, schniefte ich aus diesem Gedanken heraus und schneuzte kräftig in mein Taschentuch. »Und dabei liebe ich nur ihn und bin ihm immer treu gewesen ... und ich kann doch nichts dafür, wenn Maxi mich so frech anflirtet ... einfach so knutscht ... vor allen Leuten ... das war mir doch auch peinlich ... das muss Tobi doch gesehen haben ...«

»Stopp«, bremste Hanna meinen leicht wässrigen Redeschwall. »Dass ihr, du und Tobi, ein ideales Paar seid, weiß jedes Kind und dieser Maxi steht gar nicht zur Debatte. Bei Tobi spielen einfach die Hormone verrückt, weil Frau Frühauf leider reichlich sexy ist. Was Kiwi ja schon auf der Klassenfahrt in den Harz aufgefallen ist.«

»Ah, ja«, murmelte ich in mein Kleenex. »Und was will uns das jetzt sagen? Soll Tobi seinen durchgeknallten Hormonen weiter freien Lauf lassen?«

»Jungs sind Sklaven ihrer Hormone. Das wissen wir doch nicht erst seit heute.«

»Aber wir sind nicht mehr in der siebten Klasse«, ließ ich Milas Einwurf nicht gelten. »So'n Typ kann doch nicht nur triebgesteuert sein?! Tobi hat schließlich auch noch einen Kopf. Und so weit könnte seine Intelligenz schon reichen, dass er begreift, dass das mit Frau Frühauf und ihm nicht geht. Außerdem ist es total mies und unsozial mir gegenüber …« Wieder brach mein Zorn auf ihn durch. »Was denkt der sich eigentlich? Der glaubt doch nicht, dass er mit mir gehen und trotzdem beim Anblick von Frau Frühauf Turbulenzen in seiner Hose kriegen kann. Das ist doch ekelig!«

Mila und Hanna brachen in Gelächter aus. Hm, da war ich wohl etwas zu konkret gewesen.

»Ist doch wahr, so ein Bigamist!«

Wieder Gelächter. Aber so albern fand ich die Situation nun wirklich nicht.

»Ich weiß ja nicht mal, ob wir überhaupt noch zusammen sind«, seufzte ich. »Er haut ständig vor mir ab, wenn ich mal eine Aussprache anstrebe, und dann schleppt er eine Rose an, wenn man gar nicht damit rechnet, und nur weil mich dieser Maxi knutscht, knickt er sie und schmeißt sie weg.« Mir kamen schon wieder die Tränen, weil vor meinen Augen ganz lebhaft das traurige Bild der geknickten

Rose auftauchte. »Er kann doch unsere Liebe nicht auch einfach so wegschmeißen?!« Ich starrte meine Freundinnen an. »Das kann er doch nicht!«

Beide schüttelten den Kopf und Hanna meinte aufbauend: »Das meint er doch nicht so …«

Nachdenkliches Schweigen, bis Mila mal wieder ihren Lieblingsvorschlag machte: »Könnten wir Frau Frühauf nicht mit jemand anderem verkuppeln? Das öffnet Tobi dann vielleicht die Augen und er besinnt sich auf seine wahre Liebe zu Kati.«

Gähn! Hanna hielt sich die Hand vor den Mund. Zu recht, das Mädchen war auch schon mal gewitzter. »Sehr originell, Mila, wirklich voll kreativ. Ich liebe Vorschläge aus der Mottenkiste.«

Aber Mila war schon wieder total enthusiastisch, wie es halt ihre Art war. Hauptsache, Action. »Hat jemand 'ne bessere Idee?«

Nee, hatte niemand , aber …

»… mit wem würdest du sie denn verkuppeln wollen? Wir haben überhaupt keine so jungen Lehrer, sie ist doch erst Mitte oder Ende zwanzig.«

Hanna kicherte schon wieder total albern: »Wie wäre es mit Rumpelstilzchen. Der ist eigentlich ganz nett.«

Das war ja voll die Veräppelung. Musste man wirklich nicht drauf eingehen.

»Hat sie in der Skifreizeit nicht Sportlehrer Sprinter geküsst?«, fragte Mila in dem Moment zum Glück.

»Klar«, sagte ich und verfiel sofort in Hektik, weil

mir einfiel, dass Sprinter und Frühauf beide zuvor von einer Liebesspeise genascht hatten, die wir eigentlich für Vanessa und Kiwi gebraut hatten. Wenn das damals funktioniert hatte, dann …

Vermutlich funkelte bei diesem Gedanken sofort ein verräterisches Glitzern in meinen Augen, denn Mila fragte sehr misstrauisch: »Sag bloß nicht, du willst …«

»Doch, will ich! Warum nicht einen Versuch mit Hexentricks und Zauberei starten? Die beiden sind ja offensichtlich dafür empfänglich.«

»Na, da wäre ich mir nicht so sicher«, blockte aber auch Hanna ab. »Dass die sich an der Eisbar geknutscht haben, lag wohl mehr am Alkoholgehalt des Hüttenpunsches, den Sprinters Leute gemixt haben. Das siehst du ja schon daran, dass die Wirkung offenbar am nächsten Tag verflogen war. Ich habe die beiden jedenfalls seitdem nie mehr zusammen gesehen – weder Händchen haltend noch küssend.«

Das stimmte zwar, hieß aber gar nichts.

»Habt ihr eine bessere Idee?«

Beide schüttelten den Kopf.

»Aber wenn ich dir einen Rat geben darf, Kati: Ich glaube, durch dieses Fotoshooting fühlt sich Tobi nur etwas vernachlässigt. Dagegen gibt es ein ganz einfaches Mittel, das garantiert wirkt, ohne jede Zauberei.«

»Genau«, stimmte Hanna Mila zu. »Kümmere dich etwas mehr um ihn, dann wird er garantiert ganz schnell wieder normal.«

Das war ja ein toller Ratschlag. Kümmere dich mehr um ihn! Wie denn, wenn er ständig vor mir Reißaus nahm? Er war es doch, der rumzickte. Vermutlich verglich er mich ständig mit Frau Frühauf und fand mich kein bisschen mehr liebenswert und attraktiv. Und jetzt war er bestimmt auch noch sauer, weil andere Leute mich trotz meiner langen dünnen Beine schön fanden. So schön, dass ich sogar einen Modelvertrag bekommen hatte. Nein, mit Vernunft war gegen Tobis verwirrte Hormone nichts auszurichten. Milas unernster Vorschlag, Frau Frühauf zu verkuppeln, war hingegen gar nicht so schlecht. Immerhin hatten wir schon ganz andere Lehrpersonen zusammengebracht. Ich musste grinsen, als ich an unsere Deutschlehrerin Frau Kempinski und unseren Musiklehrer Old McDonald dachte. Was hatten die für ein süßes Baby bekommen und das Glück strahlte Old McDonald noch immer aus den Knopflöchern seiner Weste. Tja, das war wirklich eine glorreiche Hexerei gewesen. Im Grunde verlangte das geradezu nach einer Wiederholung. Kati, sagte ich mir also, als ich mich von Mila und Hanna verabschiedet hatte und den Rest des Weges alleine weiterging, lass ab von der wehleidigen Jammerei, wozu bist du eine geweihte Hexe? Die Situation schreit nach magischer Unterstützung. Warum zögerst du?

Und da ich darauf keine Antwort wusste, stieg ich sobald ich zu Hause war in meinem Zimmer auf den Stuhl und holte vom Schrank das Sandelholzkistchen mit meinen Hexenutensilien herunter. Ich wollte es zwar nie wieder anrühren, aber das wusste ja schon der coole Geheimagent mit den zwei Nullen – man soll niemals nie sagen ... Es musste doch ein einfacher Verkuppelungszauber für Frau Frühauf und Herrn Sprinter zu finden sein.

Aber ganz geheuer war mir die Sache doch nicht und so beschloss ich, erst einmal die Karten zu legen und herauszufinden, welche Schwierigkeiten es waren, die im Moment wie ein schlechter Stern auf meine und Tobis Liebe einwirkten.

Ich nahm das schönste Tarot aus meiner Sammlung, suchte die großen Arkana aus dem Blatt heraus und legte nach drei Mischgängen das keltische Kreuz, eine von mir bevorzugte Legeart für das Wahrsagen mit Karten.

Was ich sah, war einigermaßen deprimierend: Nicht nur eine Rivalin stand mir ins Haus, sondern auch ein riesiges Gefühlschaos. Das einzig Positive war die Verheißung eines Lovers, aber der war so weit in der Zukunft, dass ich den vermutlich erst kennenlernen würde, wenn ich die Achtzig erreicht hatte. Okay, ich starrte frustriert die Karten an, im Grunde war alles klar: Tobis und meine Liebe wurde von einer Rivalin bedroht und das konnte nur Frau Frühauf sein. Auch wenn sie selber vielleicht gar nichts von ihrer unheilvollen Rolle ahnte, musste sie ausgeschaltet werden, wenn ich Tobi nicht verlieren wollte. Und in mir hörte ich aufmunternd eine Rabenstimme krächzen: »Na dann los, Kati, warum zögerst du noch?«

»Weil Hexerei Humbug ist!«, rutschte es mir heraus. »Weil kein intelligenter, moderner Mensch mehr an so etwas glaubt …?«

»Dann glaub es eben nicht«, schnarrte die Stimme meines schwarz bekittelten Versuchers, »Hauptsache ist doch, dass es wirkt.«

Und weil ich mich dieser Logik nicht entziehen konnte, schlug ich mein »Zauberbuch für junge Hexen« auf und wurde auch bald fündig.

Ultraleichter Liebeszauber … Zauberpulver … Man wendet es an wie Niespulver … gerät es dem zu Verkuppelnden in die Nase, löst es sofort einen unbändigen Liebesdrang aus … Wenn das nicht förmlich nach einem Versuch schrie!

Ich vertiefte mich in das Rezept und stellte erfreut fest, dass ich alles, was ich dazu brauchte, garantiert im Esoterikshop von Felix finden würde. Ich pilgerte also zu meiner Mutter in die Küche, wo sie gerade einen Kuchen für das Sonntagsfrühstück anrührte, und fragte: »Kann ich mal den Schlüssel für den Laden haben? Ich brauche ein paar Sachen für eine kleine Hexerei.«

Sie lachte. »Wenn du uns mithilfe der Magie bewegen willst, diesen Modelvertrag zu unterschreiben, ist das vergebene Liebesmüh.«

Ich schluckte. »Äh, wieso? Wollt ihr das denn nicht machen?«

Felix zuckte mit den Schultern. »So ganz überzeugt sind wir von der Sache noch nicht. Besonders Papa befürchtet, dass sich das negativ auf deine Schulnoten auswirken kann.«

Och nee, nun mussten die doch nicht auch noch Stress machen! Gab es denn gar nichts mehr in meinem Leben, was einfach mal ganz normal funktionierte? Wieso hatte ich nur ständig das Pech am Po kleben?

Aber ganz so schlimm, wie ich nach den Worten meiner Mutter befürchtet hatte, war es dann doch nicht. Sie selber war schon ziemlich stolz auf mich und versprach, mich gegenüber Papa zu unterstützen.

»Lass uns morgen beim gemütlichen Frühstück in aller Ruhe die Sache besprechen«, schlug sie vor. Damit war ich einverstanden, denn am sonntäglichen Frühstückstisch hatten wir schon so manches Problem gelöst.

»Und warum musst du nun so dringend noch hexen?«, fragte Felix dann aber doch.

»Äh, ja, ähm nichts Besonderes … ein, äh, Liebeszauber …«

Felix lächelte ganz lieb. Und weil sie wohl dachte, dass er Tobi gelten sollte, meinte sie: »Ach, das ist ja süß … da wird sich dein Freund aber freuen.«

Da ich mir da allerdings keineswegs sicher war, nahm ich ohne jeden weiteren Kommentar den Ladenschlüssel und machte mich vom Acker.

Hexerei, Hexerei, es sei, es sei!

Ich fand wirklich alles, was ich brauchte, im Laden, und da auch passenderweise gerade Vollmond war, standen alle Vorzeichen für eine Hexerei bestens. Ich nahm die Sachen mit in mein Zimmer, holte den kleinen Hexenkessel aus seinem Versteck, wo er seit geraumer Zeit leise einstaubte, und warf den Spiritusbrenner an. Ich rieb Ingwerwurzel und Muskatnuss, röstete allerlei andere fremdartige Gewürzpülverchen kurz damit zusammen an und mischte allerfeinstes Pigmentpulver, das aus Rosenblättern gewonnen worden war, darunter. Dann sprach ich die Zauberformel: »Wer dies Pulver atmet ein, soll fortan verliebt nun sein«, und bat die Mondin um ihre Unterstützung für meine Hexerei.

Ich fischte einen Briefumschlag aus meiner Schreibtischschublade und schüttete das Pulver hinein. Hm, duftete irgendwie schon ziemlich verführerisch, fand ich und war mir sicher, dass es bei Frau Frühauf und Herrn Sprinter seine Wirkung nicht verfehlen würde. Ich kicherte, als ich mir die beiden so frisch verliebt vorstellte. Mila und Hanna würden jedenfalls Bauklötze staunen.

Ich klebte den Umschlag zu und verstaute ihn in meinem Rucksack. Ich war zufrieden mit mir. Auf die Idee hätte ich längst kommen sollen, dann wäre mir einiger Stress erspart geblieben.

Am Sonntagmorgen beim Frühstück sprach Papa dann von sich aus das Thema Modelvertrag an.

»Es ist doch gar kein wirklicher Modelvertrag«,

versuchte ich ihm aber gleich den Wind aus den Segeln zu nehmen. »Es geht doch nur um ein paar Fotoshootings. Genau gesagt machen wir eine Foto-Lovestory, bei der Maxi und ich wie zufällig auch die neue Kollektion von *TeenFashion* präsentieren. Das ist in ein paar Tagen abfotografiert. Schule fällt dafür nicht aus und fürs Lernen bleibt auch genug Zeit. Echt, Papa, das ist nur eine ganz kleine Sache. Gar nichts dabei.«

Mein Vater blieb ernst und schaute Felix fragend an. »Nach einer so kleinen Sache sieht das Honorar aber gar nicht aus«, meinte er. »Es soll nicht so wirken, als wären wir käuflich und würden unsere Tochter jeden Job machen lassen, wenn er nur ordentlich bezahlt wird.«

»Aber das denkt doch niemand«, sagte meine Mutter kopfschüttelnd. »Es ist ja zuallererst einmal Katis Entscheidung, und wenn sie Spaß daran hat und sich so etwas zutraut, dann muss man das auch akzeptieren. Sie ist schließlich kein Mädchen, dass sich leichtfertig zu Dingen hinreißen lässt.«

»Stimmt«, sagte ich, obwohl es in diesem Fall nur die halbe Wahrheit war. So ganz aus freien Stücken hatte ich dieses Casting ja wirklich nicht gemacht. Aber wenn einem das Glück nun schon mal hold war, dann war es undankbar, es nicht mit beiden Händen festzuhalten. Nee, wirklich, da war dann schon mal ein Klammergriff, so wie Maxi ihn draufhatte, angebracht.

»Ich finde, es ist eine hochinteressante Erfahrung

und schließlich könnt ihr dann sicher sein, dass ich mich nicht mehr bei *Germany's next Topmodel* bewerbe.« Und um meinen Eltern den Realitätsgehalt dieser ultimativen Drohung plastisch vor Augen zu führen, fügte ich noch hinzu: »Mila hat das nämlich vor.«

Auch wenn sie es nur im Scherz gesagt hatte und vermutlich nie tun würde, wirkte es hundertprozentig. Da es wohl das Gruseligste war, was meine Eltern sich für mich vorstellen konnten, sahen sie in dem Shooting für die Foto-Lovestory offenbar das bei Weitem kleinere Übel und gaben ihre Zustimmung. Sie waren nach wie vor nicht wirklich begeistert, aber das verlangte ja auch niemand. Hauptsache, sie unterschrieben als Erziehungsberechtigte den Modelvertrag.

Gleich nach dem Frühstück lösten sie ihr Versprechen ein und ich fiel ihnen dankbar um den Hals. Was hatte ich nur für tolle Eltern! Ich lief sofort zum Briefkasten und warf den Umschlag mit dem Vertrag ein. Hätte ich geahnt, was ich mir damit antat, ich hätte ihn eigenhändig in tausend Stücke gerissen und in meinem Hexenkesselchen verbrannt.

Am Montag hatten wir in der zweiten Stunde Sport. Weil unsere Sportlehrerin krank war, war die Mädchengruppe mit der Jungengruppe zusammengelegt worden und wir hatten alle gemeinsam bei Sprinter Unterricht. Das hätte mich normalerweise völlig angenervt, aber heute fand ich, dass es eine ausgesprochen glückliche Fügung war. Die war in meinen Augen sogar noch glücklicher, als Frau Frühauf die Sporthalle betrat. Sie erklärte, dass sie uns zugeteilt worden wäre, um Herrn Sprinter etwas zu unterstützen. Zwei Klassen im Sport gleichzeitig zu unterrichten, wäre für einen Lehrer wirklich zu viel. Na, wenn sie meinte! Meinen Plänen kam das ja sehr entgegen. So schön gemeinsam auf dem Präsentierteller bekam ich die beiden garantiert sobald nicht wieder serviert. Ich huschte also bei nächster Gelegenheit in den Umkleideraum und holte den Umschlag mit dem Zauberpulver aus meinem Rucksack. Sollte ich Mila und Hanna einweihen? Hm, besser nicht. Mila machte garantiert sofort wieder alles madig und Hanna hielt ja auch nicht gerade viel von der Hexerei. Nein, da musste ich jetzt alleine durch. Es war ja im Grunde auch alles ganz einfach. Sobald Sprinter und Frau Frühauf dicht beieinanderstanden, würde ich den Umschlag öffnen und eine ordentliche Dosis Liebespulver in ihre Richtung blasen. Kriegten sie es dann in die Nase und sahen sich an, war der Zauber vollbracht. Sie würden sich rettungslos ineinander verlieben und Tobi würde das Nachsehen haben. Wenn der sah, wie die beiden miteinander balzten, würde er garantiert sofort von seiner Schwärmerei für Frau Frühauf geheilt sein.

Natürlich wurde wieder Fußball gespielt. Für Sprinter gab es nach wie vor offenbar nur Laufen und Mannschaftssportarten. Ich pirschte mich also hinter Sprinter und wartete auf eine günstige Gelegenheit. Die bot sich tatsächlich, als Frau Frühauf sich beim Seitenwechsel neben ihn stellte und ihn in ein Gespräch verwickelte. Ich zog hastig meinen Umschlag unter dem Sportshirt hervor, öffnete ihn und schüttete eine fette Dosis von dem Pulver auf die Handfläche meiner linken Hand.

Genau in dem Moment, als ich es durch vorsichtiges, dosiertes Pusten in Richtung Sprinter blasen wollte, riss plötzlich jemand hinter mir die Hallentür auf und ein heftiger Windstoß fuhr herein. Er blies an meinem Kopf vorbei, fegte das Pulver wie ein Minitornado von meiner Hand und verwirbelte es in der gesamten Halle. Jeder, der es in die Nase bekam, und das war wirklich fast jeder, begann sofort zu niesen und bekam tränende Augen. Das musste der Ingwer sein, vielleicht hatte ich davon doch etwas zu viel genommen. Aber egal, das war bei Weitem nicht das Schlimmste! Die niesenden und schniefenden Mitschüler waren ja noch zu ertragen, aber was nicht zu ertragen war, war Sprinter. Der hatte sich nämlich genau in dem Moment, als das Pulver an ihm vorbeiflog, nach unten gebückt, um einen Schnürsenkel an seinem rechten Schuh zuzubinden, und als er wieder hochkam, war der Minitornado bereits mit seiner Liebespulverfracht an ihm vorbeigewirbelt.

Statt ordentlich etwas davon in Sprinters Nase zu sprühen, hatte er es überall verteilt, nur nicht bei ihm. Frau Frühauf hingegen hatte anscheinend eine ordentliche Dröhnung abbekommen und auch Tobi, der direkt vor ihr stand, rieb sich die Augen. Verflixt, so war das aber nicht gemeint gewesen!

Die Nieserei wurde immer heftiger, und weil Herr Sprinter mit seinen Kommandos durch diesen Lärm nicht mehr durchdrang und an einen regulären Unterricht unter solchen Umständen nicht mehr zu denken war, schloss er die Stunde. »Ab in die Waschräume«, befahl er in seinem üblichen Kasernenhofton. »Duscht und wascht euch mit Wasser die Augen aus. Da muss irgendeine Chemiefirma mal wieder ihren Schornsteinfilter nicht ordentlich gewartet haben. Ich gehe ins Rektorat und lasse bei der Polizei anfragen, ob es da irgendeine Warnung gegeben hat. Und … keiner betritt den Schulhof, ehe ich nicht Entwarnung gegeben habe!«

Er schloss die Hoftür ab und verschwand dann in der Lehrerumkleide. Oh je, Polizei, das klang kritisch. Hoffentlich fand keiner raus, dass ich an der Sache schuld war. Aber ich konnte schließlich nicht ahnen, dass Sprinter aus einem kleinen Liebeszauber gleich einen ABC-Alarm machen würde. Grausam! Ehe jemand davon Wind bekam, wanderte ich am besten gleich nach Timbuktu aus.

Als ich unauffällig davonschlich, sah ich aus den Augenwinkeln, wie Tobi Frau Frühauf ein Tempo reichte und sie ihn dafür unter Tränen dankbar anlächelte, während Hanna mit dem Handy nach dem Sanidienst telefonierte. Mist! Das hatte ich mir anders vorgestellt.

Die schleimhautreizende Wirkung meines Zauberpulvers verflog ziemlich schnell, und als auch Sprinter Entwarnung gab, konnten alle in die große Pause gehen, ohne Angst zu haben, auf dem Schulhof in eine Giftgaswolke zu geraten.

Die emotionale Wirkung jedoch trat offenbar etwas zeitverzögert ein und führte dazu, dass auf dem Pausenhof jede Menge Pärchen sich knutschend in irgendwelchen Ecken herumdrückten. Sogar Kiwi und Vanessa und Knolle und Carmen standen am Getränkeautomaten verdächtig nah beieinander. Frau Frühauf hatte zusammen mit Rumpelstilzchen Pausenaufsicht und ich dachte, als die beiden so einträchtig dort standen, dass es bloß gut war, dass ich nicht hier auf dem Schulhof das Pulver ausgestreut hatte. Rumpelstilzchen konnte man Frau Frühauf wirklich nicht antun. Aber dass es mit Sprinter nicht geklappt hatte, war echt schade. Besonders ärgerlich war ich darüber, als ich sah, wie Tobi schon wieder schnurstracks auf Frau Frühauf zuging und ihr eine Handvoll glänzender Kastanien brachte, die frisch vom Baum gefallen waren. Rumpelstilzchen starrte ihn zwar völlig irritiert an, sie aber bedankte sich mit einer Herzlichkeit, die ich persönlich mehr als übertrieben fand. Oh je, hoffentlich waren das nicht auch Auswirkungen meines Zauberpulvers! Beide hatten offenbar eine ordentliche Dosis davon in die Nasen bekommen und garantiert hatten sie sich dabei auch noch angesehen. Merde! Das hieß ja, dass nun nicht nur Tobi in Frau Frühauf verknallt war, sondern sie womöglich auch in ihn. Nee, Schicksal, schimpfte ich innerlich, das ist jetzt aber alles andere als korrekt. Statt Tobi zu entlieben, hatte ich ihn erst recht rollig gemacht, und wie es aussah, schien Frau Frühauf das nun auch noch gut zu finden. Shit! War ich denn zu blöd zum Hexen?

»Also, Kati!«, kicherte Mila, als ich meinen Freundinnen doch von meinem Zauberversuch erzählte, »das ist der größte Schwachsinn, den ich seit Jahren gehört habe. Du mit deiner Hexerei.«
Und auch Hanna war alles andere als begeistert. »Kati, manchmal zweifele ich wirklich an deinem Verstand. Du kannst doch nicht einfach eine Gewürzmischung in der Sporthalle herumpusten! Kein Wunder, dass alle niesen und heulen mussten.«
»Es war keine Gewürzmischung, es war ein Liebespulver. Seht ihr nicht, wie es wirkt? Überall knutschende Pärchen. Da, guckt, Kiwi versucht Vanessa zu umarmen!«
»Als wenn er das nicht ständig versuchen würde. Dass er und Knolle auf Vanessa und Carmen stehen, ist doch wohl bekannt«, meinte Mila. »Nee, rede dir da mal nichts ein. Mit deinem Pulver hat das nichts zu tun.«
»Und dass Tobi Frau Frühauf grade eine Handvoll Schmeichelkastanien geschenkt hat, wohl auch nicht, oder was?« Ich war jetzt richtig sauer, denn schließlich konnte man die Auswirkungen doch überall deutlich sehen. Aber auch Hanna glaubte

nicht an die magische Wirkung meiner Hexerei und behauptete steif und fest, dass auf dem Schulhof ständig geknutscht würde. Da sei weiß Gott nichts ungewöhnlich dran. Außerdem hätte sie gehört, wie Frau Frühauf zu Tobi gesagt hatte, sie könnte ein paar Kastanien für den Biologieunterricht in der fünften Klasse gebrauchen. »Da hat er ihr als höflicher Junge halt ein paar gesammelt. Du redest dir da, was Tobi und Frau Frühauf betrifft, wirklich allmählich etwas ein, Kati.«

Püh! Als wenn ich es nicht besser wüsste. Na ja, Hauptsache, sie hielten dicht und erzählten nun nicht Brian oder Markus von meiner Hexerei. Das wäre dann doch peinlich.

»Nein, tun wir nicht«, beruhigte Hanna mich. »Aber versprich uns, so einen Unsinn nicht mehr zu machen.«

Und Mila verlangte: »Großes Freundinnen-Ehrenwort!«

Gezwungenermaßen stimmte ich ein: »Versprochen ist versprochen und wird auch nicht gebrochen!«

Geht's noch, krächzte die magische Rabenstimme in meinem Inneren, aber was sollte ich machen. Lieber einen schlechten Zauber verloren als zwei gute Freundinnen!

Ich hatte dann in den nächsten Tagen auch gar keine Zeit mehr, an irgendeine Form von Hexerei zu denken. Als ich am Nachmittag von der Tanz-AG kam, bei der Vanessa natürlich wieder rumgezickt hatte, erwartete mich Felix mit der Nachricht, dass ich doch bitte ganz dringend bei *TeenFashion* anrufen solle. »Ich glaube, die wollen mit dir die Termine für das Fotoshooting abstimmen.«

Oh Himmel, nun wurde es ja echt konkret! Mit zitternden Fingern tippte ich die Nummer ins Handy, die meine Mutter mir aufgeschrieben hatte.

»Wenn du heute nach 19 Uhr noch vorbeischauen könntest, wäre das natürlich super«, meinte Veronika. »Dann könnte nämlich der Regisseur mit euch schon mal die Story durchgehen.«

»Mit uns? Wer ist denn noch da?«

»Na Maximilian und Raimund. Du weißt doch, dass Raimund die Fotos macht.«

Nee, wusste ich nicht, lag aber natürlich nahe und dass Maxi als männlicher Hauptdarsteller dabei sein würde, hätte ich mir ebenfalls denken können. Ich fragte also Felix nach der Erlaubnis, die sie mir allerdings nur widerwillig gab.

»Eigentlich essen wir um sieben Uhr zu Abend«, meinte sie. »Ich dachte, die Fotoaufnahmen wären am Nachmittag. Ich glaube nicht, dass Papa das gut findet.«

Fand er bestimmt nicht, denn die Familienmahlzeiten waren ihm wichtig. Ändern ließ sich daran jetzt aber nichts.

»Ich kann schließlich als Hauptakteurin nicht fehlen, wenn alle anderen da sind«, gab ich zu bedenken. Worauf Felix nur meinte: »Da siehst du, wie es schon losgeht. Ich möchte nicht, dass die Familie unter so etwas leidet.«

Ach je, hatte die Probleme! Was sollte ich denn da sagen. Wollte ich vielleicht, dass meine Liebe zu Tobi darunter litt? Aber weder das eine noch das andere stand zur Debatte. Familie, Freundschaft, Liebe … das hatte doch nichts mit dem Fotoshooting zu tun. Und selbst wenn es da mal etwas knirschte, das ließ sich doch nachher alles wieder geraderücken. Wenn das Schicksal einem so eine coole Chance gab, musste anderes eben mal etwas zurückstehen. War doch nicht für die Ewigkeit.

Nur keine Panik jetzt, sagte ich mir also, Kati hat alles im Griff. Oh je, hoffentlich!

Kapitel 5
Maxi(males) Glück

Nun, erst einmal hatte *ich* gar nichts im Griff, dafür aber Maxi mich. Schon als ich zum Shooting für die Foto-Lovestory auflief, nahm er mich zur Begrüßung in den Arm und knutschte mich links und rechts auf die Wange.

»Hi, mein blonder Engel«, sülzte er mir dabei ins Ohr und mir fiel sofort wieder Milas Warnung ein. Vielleicht hatte sie recht und ich musste vor ihm echt auf der Hut sein. Aber das sagte sich so leicht und gute Vorsätze waren scheinbar nur dazu da, missachtet zu werden. Also jedenfalls war es ziemlich schwierig, mir Maxi vom Hals zu halten, wenn die Foto-Lovestory natürlich das genaue Gegenteil verlangte. Als John, der Regisseur, uns das Drehbuch erklärte, schwante mir Schreckliches. Jede Menge Liebesszenen, Umarmungen, Küsschen – überall triefte Romantik pur. Damit hatte ich ehrlich gesagt nicht gerechnet. Fehlte nur noch eine Szene halb nackt auf einem Bärenfell vor dem flackernden Kamin, um den Kitsch komplett zu machen und sämtliche Klischees zu bedienen. Als mir das auch noch spontan herausrutschte, kriegte Raimund einen Lachanfall, während Maxi sich lüstern die Lippen leckte und meinte: »Gute Idee, wie wäre es, John? Ich bin dabei!«

Aber John meinte: »Cool, aber nicht genau das, was wir so wollen. Es geht ja mehr um ein ganz normales junges Pärchen, dessen Love-Story der Geschichte vieler anderer junger Menschen ähnelt, in der sich also viele Teens wiedererkennen. Und über diese Identifikation soll dann der Blick auf die Mode gelenkt werden. Wenn die in der Story und auf den Plakaten so sind wie wir, dann passt auch deren Mode zu uns. Ganz einfache Botschaft. Also seid bei den Aufnahmen möglichst natürlich.«

John war ein flotter Typ. Etwa Mitte dreißig, mit flinken Augen von undefinierbarer Farbe. Er trug zu engen Levis ein Sakko von Boss und einen schwarzen Borsalino-Hut. Immer! Ob drinnen oder draußen, weswegen man auch über seine Haare wenig sagen konnte, falls er überhaupt welche hatte. Er war von distanzierter Freundlichkeit und irgendwie immer mit irgendetwas beschäftigt. Neben dem gelassenen Raimund wirkte er stets ein wenig hektisch. Aber so mussten Regisseure vielleicht sein.

Die Story selber war im Grunde ziemlich simpel und schnell erzählt. Ich sollte eine Schülerin darstellen, die sich bei einem Schulfest in einen Jungen (Maxi) von einer anderen Schule verliebt. Er findet das Mädchen (mich) auch ganz süß und flirtet und tanzt mit ihr. Am nächsten Tag in der Schule wird sie von der Klassenzicke (Philomena) gewarnt: Der Typ habe bereits eine Freundin. Sie ist todunglücklich und lauert ihm an seiner Schule auf. Dort sieht sie ihn tatsächlich mit einem anderen, rothaarigen Mädchen (Cindy) in enger Umarmung die Schule verlassen. Der Junge sieht sie und will sie begrüßen, aber sie läuft beleidigt davon zum See. Sie ist total deprimiert, als der Junge plötzlich mit seinem Hund auftaucht, der sie sofort freudig umspringt. Es stellt sich heraus, dass das rothaarige Mädchen seine Schwester ist. Kuss, Zärtlichkeit und gemeinsame Bootsfahrt auf dem See. Ende.

Also nur der altbekannte Stoff der Teeniezeitschriften. Nun kam es darauf an, die wichtigsten Plotpoints, das sind die tragenden Handlungsteile, in kurze Szenen umzusetzen, die Raimund dann fotografierte und John mit seinen Mitarbeitern zu einer Story für die Werbebroschüren und das Internet zusammenbastelte. Alles sollte möglichst ohne Worte mit ganz wenigen prägnanten Untertexten funktionieren, damit keine Sprechblasen oder zu viel Text von der Mode ablenkten. Denn darum ging es ja vorrangig: um eine effektvolle Präsentation der neuen Winterkollektion von *TeenFashion*.

Auch wenn mir die geforderte Nähe zu Maxi irgendwie unheimlich war, fand ich die Idee, Mode mit einer solchen Foto-Lovestory zu bewerben, richtig cool. So ein bisschen Theater zu spielen war irgendwie auch viel spannender, als nur wie ein grinsendes Hutschpferd zu posen. Außerdem war die Aussicht toll, die Aufnahmen an verschiedenen Locations zu machen. Wobei mir jedoch der Gedanke peinlich war, dass Raimund auch vor der Schule und in einer echten Schulklasse fotografieren wollte.

»Bei mir geht das aber nicht«, lehnte ich sofort ab. Aber er meinte locker: »Doch geht es, ich habe mich schon erkundigt und deine beiden Freundinnen können dann auch gleich mitspielen.«

Ach herrje, das war ja megapeinlich, wenn Tobi mich so verliebt mit Maxi sah. Selbst wenn es nur gespielt war. Das ging ja gar nicht. Ging es aber doch, denn bei den Aufnahmen in meiner Klasse war Maxi gar nicht dabei, da der Junge in der Story ja auf eine andere Schule gehen sollte. Widerwillig biss ich also in den sauren Apfel und erklärte mich einverstanden. Na, Mila und Hanna würden Augen machen, wenn ich ihnen das erzählte.

»Und bei welchem Lehrer sollen die Aufnahmen gemacht werden?«, fragte ich. Raimund sah auf seinen Drehplan.

»Warte mal, hm, kann ich nicht so genau lesen … ich glaube, es war Mathe.«

»Nein!«, stöhnte ich auf. »Das kann nicht sein. Rumpelstilzchen würde so etwas nie mitmachen!«

Machte er aber doch.

Rumpelstilzchen hatte tatsächlich seine Genehmigung für Fotoaufnahmen während der Mathestunde in unserer Klasse gegeben. Mann, war der ein eitler Fatzke! Ich hätte nicht gedacht, dass er so publicitygeil war, dass er für eine Werbekampagne »diese Medienfuzzis« in seinen Unterricht ließ.

Bevor Raimund und John aufliefen, erklärte er uns auch genau warum. »Die Mathematik ist ein völlig verkanntes Fach. Jeder hält es für cool, Mathe nicht zu mögen. Katharina jedoch ist ziemlich gut in Mathe und darum scheint sie mir eine ideale Botschafterin für dieses Fach zu sein.«

Er wandte sich nun direkt an mich. »Katharina, ich erwarte, dass du mithilfst, das Ansehen der Mathematik unter den jungen Leuten durch diese Werbekampagne zu verbessern. Nur deswegen habe ich den Fotoaufnahmen heute zugestimmt.«

Na, wer's glaubt! Der war doch sicherlich nur scharf darauf, selber im Flyer und auf den Fotowänden der Stadt zu sehen zu sein. Rumpelstilzchen und sein Geodreieck! Die personifizierte Liebe zur Mathematik.

Ich nickte grinsend. »Ja, eine ... eine wirklich gute Idee ... ich, äh ... werde mir alle Mühe geben ...«

Markus tippte sich an die Stirn, und als ich Tobis Blick suchte, um seine Ansicht zu der Sache zu erkunden, da wandte er sich verlegen ab. Doofmann!

Aber Mila, Hanna und sogar Vanessa, Carmen, Kiwi und Knolle waren gleich Feuer und Flamme.

»Das ist ja geil!«, trötete Kiwi sofort los. »Wir werden Werbestars!«

Aber Rumpelstilzchen donnerte sogleich: »Noch ein Wort, Kilian, und eine Sonderaufgabe ist fällig. Mein Einverständnis gilt nur, wenn hier mit größter Disziplin gearbeitet wird. Verstanden?«

Leises, zustimmendes Gemurmel.

»Verstanden?!!!«

»Verstanden, Herr Reitmeyer!«, brüllten nun alle und in dem Moment ging die Tür auf und Raimund und John starrten leicht irritiert auf die Szene. Ihr Klopfen war wohl in dem Gebrüll untergegangen. Hinter ihnen stand Philomena, die marmorne Schönheit. Ach ja, die sollte ja die Zicke darstellen. Hm, ich schielte zu Vanessa rüber, die hätte das sicherlich genauso gut hingekriegt, denn schließlich brauchte sie ja nur sich selber zu spielen. Ich grinste bei dem Gedanken.

John stellte sich und Raimund vor und Rumpelstilzchen wuselte megaaufgeregt und irgendwie ausgesprochen bemüht um die beiden herum. Mir schien, dass er sehr darauf bedacht war, ihnen die Notwendigkeit plausibel zu machen, ihn und sein Geodreieck mit aufs Foto zu nehmen. Natürlich alles im Dienste der Wissenschaft! Kicher.

Mila und Hanna waren total begeistert. Ich hatte sie gestern schon telefonisch vorgewarnt und sie hatten sich extra schicke Klamotten angezogen. Aber das war natürlich völlig unnötig, denn bevor die Fotos gemacht wurden, bekamen die Leute, die mit aufs Foto sollten, nicht nur ein bisschen Make-up verpasst, sondern auch Sachen aus der neuen *Teen-Fashion*-Kollektion. Dafür wurde ein fahrbarer Kleiderständer mit vielen schicken Teilen in verschiedenen Größen und Designs in einer Ecke der Klasse deponiert.

Da steppte dann echt der Bär! Und alles wieherte, als sogar Rumpelstilzchen seine obligatorische Weste ablegte und unter sein abgewetztes Cordsakko ein ultracooles Shirt anzog. Klar, dass neben einem Totenkopf auch jede Menge Zahlen drauf waren.

John stellte dann nach seinem Drehplan mehrere Motivgruppen zusammen und eine Art Assistent sorgte derweil für eine gute Ausleuchtung. Dann machte Raimund jede Menge Fotos. Mal stand ich an der Tafel und schrieb argwöhnisch beobachtet von Rumpelstilzchen eine Formel an, mal saß ich zwischen Hanna und Mila am Schultisch und beugte mich schreibend über ein Heft. Ich steckte ihnen ein Zettelchen zu oder ließ mir von ihnen etwas ins Ohr flüstern. Das alles war sehr lustig.

Nur einem schien das keinen Spaß zu machen: Tobi. Auch Markus fand den ganzen Rummel nicht wirklich toll, aber weil Mila so begeistert dabei war, machte er wenigstens gute Miene zum Spiel. Tobi jedoch stellte sich ans Fenster und drehte dem Geschehen fast die ganze Zeit nur den Rücken zu. So ein blöder Kerl! Interessierte es ihn denn gar nicht, wie ich mich als Fotomodell so machte? Offenbar nicht. Er räumte erst seinen Schmollwinkel am Fenster, als Raimund dort mit mir und Philomena die Szene drehen wollte, in der sie mir die Hiobsbotschaft überbringt, dass der tolle Junge, in den ich mich verknallt hatte, bereits vergeben ist. Einen kurzen Moment begegneten sich unsere Blicke, aber als ich verlegen lächelte, blieb Tobis Gesicht ausdruckslos und er drehte sich weg. Meine Güte, was hatte ich ihm eigentlich getan, dass ich so ein Benehmen verdient hatte? Lief ich vielleicht Maxi hinterher so wie er Frau Frühauf?

Weder Philomena noch ich waren wirklich begabte Schauspielerinnen, und weil ich zudem mit meinen Gedanken immer noch bei Tobi war, brachen wir uns ganz schön einen ab. John war einfach nicht zufriedenzustellen und ließ uns die Szene ständig in neuen Posen und mit neuem Gesichtsausdruck wiederholen. Puh, ganz schön heiß, diese Scheinwerfer. Mir begann der Schweiß über die Nase zu laufen und die Visagistin musste mehrmals nachpudern. Nur Philomena blieb kühl wie der Marmor, aus dem sie geschnitzt zu sein schien.

Rumpelstilzchen allerdings kriegte langsam rote Flecken im Gesicht und begann auf den Schuhspitzen zu wippen, ein untrügliches Zeichen dafür, dass er kurz vor der Explosion stand. Jetzt wo er seine Mathematik und sich selber hinreichend ins Rampenlicht gerückt hatte, war ihm der Rest der Aufnahmen scheinbar nur noch lästig und er trieb John und Raimund zur Eile an.

»Ich würde schon noch sehr gerne mit der Klasse die Hausaufgabe für morgen besprechen«, meinte er leicht muffelig. »Übermorgen steht nämlich ein Test an.«

Unter solchem Druck war natürlich an ein kreatives Arbeiten nicht zu denken und so brachen Raimund und John ab.

»Wir gehen mit Philomena einen Kaffee trinken und fotografieren dann die Szene später in einer leeren Klasse«, sagte John zu mir. »Komm einfach nach der Stunde runter zum Rektorat. Wir warten dort.«

Sie packten rasch zusammen und ich war ziemlich erleichtert, als sie meine Klasse verließen.

»Schade, dass wir die Klamotten wieder abgeben mussten«, meinte Mila mit einem sehnsüchtigen Blick auf den Kleiderständer, den eine Mitarbeiterin von *TeenFashion* aus der Klasse rollte. Und selbst Kiwi und Knolle hätten wohl gerne die Teile behalten.

»Das ist ungerecht«, wisperte mir Hanna zu. »Warum darf Rumpelstilzchen das Shirt behalten und wir nicht?«

Ich schielte zu Rumpelstilzchen rüber, der hinter dem Lehrertisch saß und den Blick aus seinen kleinen, listigen Äuglein von einem zum anderen wandern ließ. Tatsächlich, der hatte ja immer noch das krasse T-Shirt an. Ob die das vergessen hatten oder war es eine Art Bestechung für seine Mitwirkung? Egal, auf jeden Fall steigerte es seine Erscheinung nun endgültig ins Makabere!

Als ich an diesem Abend flüchtig in den großen Badezimmerspiegel sah, flüsterte mir eine Stimme ins Gehör: Schau ruhig genauer hin! Schließlich bist du ein Mädchen, nach dem sich ein Modefotograf umdreht, mit dem einer wie Maximilian von der Gerhart-Hauptmann-Schule flirtet, auf das Mädchen wie Vanessa und Carmen total neidisch sind. Du hast Haare wie ein Egel, deine Gesichtshaut ist glatt und samtig und fast ohne Pickel, deine Augen sind blau und strahlen wie Sterne. Deine Eltern müssen sie wirklich vom Himmel geklaut haben!

Oh, nein, dieser Maxi! Kein Junge war bei mir bisher so rangegangen wie er. Keiner hatte so direkt auf meine Gefühle gezielt. Und auch wenn einiges etwas schleimig und übertrieben wirkte, so konnte ich mich doch dem Charme, mit dem Maxi es anbrachte, nicht gänzlich entziehen. Nicht dass ich auf schleimig stehe, aber irgendwie traf er wohl doch einen Nerv bei mir. Jedenfalls war mein Selbstbewusstsein ganz plötzlich gewaltig gestiegen. Noch nie in meinem Leben hatte ich mich so rundum weiblich, schön und begehrenswert gefühlt, ohne dass ich die Gretchenfrage stellen musste: »Äh, findest du mich eigentlich gut?«

Maxi fand mich gut, das spürte ich. Bei jedem Blick in seine Augen, bei jeder Berührung seiner Hand, bei jedem listig-lustigen Lächeln, das er mir abseits der vorgeschriebenen Szenen schenkte. Und je mehr Tobi sich von mir abwandte, desto mehr gefielen mir Maxi und seine frechen Flirtattacken. Ja, ich war regelrecht stolz darauf, dass er mich so zielstrebig anbaggerte. Ein so cooler Junge und ich, das war fast undenkbar. Aber es war ja auch undenkbar, dass ich das neue Gesicht der *TeenFashion*-Kampagne war!

Immer war ich die kleine, pummelige Kati gewesen, mit der die Jungs am Schulfest nur aus Mitleid getanzt hatten, die allenfalls das Herz ihres fetten Vetters Florian gewinnen konnte. Und Tobi hatte mich vermutlich nur deswegen zur Freundin genommen, weil er noch schüchterner war als ich und sich bei wirklich tollen Mädchen keine Abfuhr holen wollte.

Ich warf mit einer trotzigen Kopfbewegung die goldenen Engelshaare in den Nacken und sah meinem Spiegelbild mit frischem Selbstbewusstsein in die Augen. Genauso, wie ich es vor dem Spiegel im Shop von *TeenFashion* getan hatte, als mich Raimund entdeckte.

Nein, das alles war kein Zufall! Das Schicksal folgte einem Plan. Das wusste ich genau. Es war nicht ein mit dem Rührbesen Gottes verquirlter chaotischer Haufen von Lebensalternativen, sondern ein von ihm für jeden Menschen ganz speziell ausgeklügelter Lebensplan.

Sollte Tobi doch Frau Frühauf hinterherjappern, das zeigte ja nur, dass er für eine wirkliche Beziehung noch nicht reif war. Ich aber war so weit und würde, egal, was Mila und Hanna sagten, das Glück mit beiden Händen ergreifen. Und dieses Glück, da war ich mir plötzlich hundertprozentig sicher, konnte nur Maxi heißen!

»Du musst aber unbedingt mitkommen, Kati!« Hanna war richtig ungehalten, aber ich hatte nach wie vor keine Lust, mit ins Jugendzentrum B248 zu gehen. Ich hatte ziemlich schlechte Erinnerungen an diesen Schuppen und besonders schlechte im Zusammenhang mit Brian. Ich weiß noch genau, wie ich für ihn geschwärmt hatte, als er neu in die Klasse kam. Sogar Mathenachhilfe hatte ich ihm gegeben – und er, dieser Arsch, hatte sich nicht mal meinen Namen gemerkt. Wie erniedrigend war denn das!

Früher war ich ja mal ganz gerne in das Jugendzentrum gegangen, aber seit ich damals total frustriert davongelaufen war, zog mich da nichts mehr hin. Doch jetzt, wo Hanna in Brians Band sang, versuchte sie immer wieder, mich dorthin zu locken. Auch Mila, die Brian jetzt regelmäßig Texte schrieb, wollte mich ständig überreden, doch mal wieder mitzukommen.

»Es ist einfach schade, wenn du nicht dabei bist. Wir machen so coole Musik und sogar Markus, der Brian ja nun auch reichlich gefressen hat, kommt. Nur du, du spielst die Mimose!«

»Mimose? *Ich* spiele die Mimose? Hab ich mich danebenbenommen oder Brian? Wieso entschuldigt er sich nicht wenigstens?«

Mila seufzte. »Jungs kriegen das nicht so gut hin. Die denken immer, wenn sie sich entschuldigen, dann vergeben sie sich was.«

»Na und? Soll ich darauf vielleicht Rücksicht nehmen? Brian hat mich tödlich beleidigt und ich will nie wieder etwas mit ihm zu tun haben!«

»Ach nee!«, meinte Hanna. »Auf der Klassenfahrt

sah das aber anders aus. Warst du es nicht, die Brian unbedingt in unserer Arbeitsgruppe haben wollte? Im Grunde warst du es doch, die mich mit ihm verkuppeln wollte, und nun stellst du dich so an! Das ist total unlogisch. Vergiss doch den alten Kram mal.«

Wir saßen am Stadtweiher und fütterten die nun fast schon erwachsenen Schwäne mit Brot. War ja eigentlich verboten, aber wegwerfen konnten wir die Schulbrotreste doch auch nicht. Da waren sie im Magen der Schwäne echt besser aufgehoben. Hanna legte ihren Arm um mich.

»He, Kati, das ist doch alles Schnee von gestern. Auf der Klassenfahrt bist du mit Brian ja auch ausgekommen. Ich glaube, dem ist gar nicht bewusst, dass er so gemein zu dir war. Der ist nicht so ein Sensibelchen, das immer gleich überlegt, wie es in der Seele eines Menschen aussieht.«

»Ach, und das findest du gut?« Ehrlich gesagt konnte ich wirklich nicht verstehen, was Hanna an Brian fand. Branko war doch so viel interessanter und sensibler und ...

»Aber Branko war total kompliziert, und was die Sensibilität angeht, zuallererst ging es bei ihm erst mal um *seine* empfindsame Seele.«

»Er war doch so süß und romantisch als dein Handy-Lover und auch bei dem Eurostar-Casting, da hattet ihr euch doch wieder so schön versöhnt. Warum bist du dennoch jetzt mit Brian zusammen? Nur wegen der Musik?« Ich konnte es wirklich nicht verstehen. »Das ist doch nicht alles. Wenn zwei Leute zusammen sind, dann muss doch da mehr sein als ein gemeinsames Hobby! Tobi und ich …«

Ich schluckte. War nix mehr mit *Tobi und ich!* Was immer uns alles verbunden hatte, im Moment reichte es nicht aus. Die Beziehung schien mausetot zu sein. Es rein intellektuell zu begreifen ist aber schon etwas anderes, als es plötzlich so richtig tief in sich zu spüren. Ich merkte, wie mir plötzlich ein Kloß in der Kehle steckte, ein regelrechter Trauerkloß. Und weil ich auf keinen Fall jetzt an Tobi denken wollte, deklamierte ich ablenkend auf den See hinaus: »Ihr holden Schwäne und trunken von Küssen, tunkt ihr das Haupt ins heilignüchterne Wasser …«

Unsere belesene Mila grinste. »Hölderlin«, sagte sie. »Mag ich auch sehr, das Gedicht.« Und noch einmal drängte sie: »Mensch, Kati, das ist so schade, dass du dir unsere Musik nicht mal anhörst. Selbst wenn Brian dir am Allerwertesten vorbeigeht, wir sind deine besten Freundinnen und es ist deine Pflicht, zu unseren Konzerten zu kommen. Wir sind ja schließlich auch zu deiner Casting-Entscheidung im City-Center aufgelaufen.«

»Mila hat recht«, meinte auch Hanna. »Ich bin echt beleidigt, wenn du nicht bald mal kommst.«

»Ich kann euch doch auf dem Musikabend hören«, versuchte ich sie noch einmal abzuwimmeln. Vergebens.

»Du kommst heute Abend«, sagte Mila, »oder wir sind keine Freunde mehr!«

Da fuhr sie aber schweres Geschütz auf.

»Das hältst du nicht durch«, sagte ich leichthin.

»Und ob ich das durchhalte«, schnaubte sie. In mir erwachte der Oppositionsgeist.

»Werden wir ja sehen«, versuchte ich bemüht cool zu klingen. »Ins B248 kriegt ihr mich jedenfalls nicht.«

Ich sah auf meine Uhr und stand von der gemütlichen alten Bank auf. »Ich muss dann übrigens. Hab um drei ein paar Außenaufnahmen am Stadtweiher ... mit Maxi!«

Und weil ich das »Maxi« so auf der Zunge abschmelzen ließ, dass es wie ein zerlutschtes Sahnebonbon klang, also wenn das klingen könnte, schauten Hanna und Mila mich fragend an.

»Lass die Finger von dem«, meinte Mila noch einmal warnend. »Der ist ein Frauenaufreißer!«

Prima, dachte ich wütend, genau das, was ich brauchte!

Maxi war schon speziell, aber als einen Frauenaufreißer hätte ich ihn nicht direkt bezeichnet. Er flirtete verdammt gerne und machte das auch sehr geschickt. Jedenfalls stellte ich später am Stadtweiher erneut fest, dass ich mich keineswegs unwohl dabei fühlte. Was immer es für ein Schwachsinn war, den er dabei vom Stapel ließ, er brachte ihn mit sehr viel Überzeugungskraft an. Ja, selbst total abgedroschene Flirtformeln wirkten bei ihm so, als hätte er sich die Sprüche gerade eben erst ausgedacht und als sei ich das einzige Mädchen auf der Welt, das es wert war, sie von ihm wie ein Valentinsgeschenk präsentiert zu bekommen.

Ich weiß, es war irrational und ich machte mir vielleicht auch etwas vor, aber wenn er für ein Foto seinen Arm um mich legte, meine Hand nahm oder mich sanft auf die Wange küsste, dann war es nicht wie eine Pose, sondern es wirkte, als meinte er wirklich mich.

Und heute war es wieder genauso. Wir hockten im Gras am Stadtweiher und John verlangte, dass wir uns umarmten und dann eng umschlungen ins Gras fallen ließen. Uups, das war aber eine, hm, sagen wir mal, recht intime Sache! Obwohl ich so etwas sonst bestimmt nicht gemacht hätte – mit Maxi an meiner Seite war jeder Widerstand gebrochen. Meine sprichwörtliche Schüchternheit und Zurückhaltung zerstob wie das Zauberpulver im Wind, und als ich merkte, dass ich mich mit Maxi höchst lustvoll im Gras wälzte und kichernd balgte, da war es bereits zu spät. Ich hatte mich bis über beide Ohren in ihn verliebt.

Und darum war es mir plötzlich total egal, ob Brian mich mies behandelt hatte oder nicht. Ich musste unbedingt noch am Abend mit meinen Freundinnen über meine neue Verliebtheit sprechen. Wenn das nur im B248 möglich war, dann musste ich eben da hin. Ich bettelte Felix die Erlaubnis ab, bis halb zehn noch zu Hanna und Mila gehen zu dürfen. Dass ich die nur im Jugendzentrum treffen konnte, band ich ihr besser nicht auf die Nase, denn nach wie vor hielt sie nicht viel von der Szene dort.

Ich aß noch schnell einen Happen vom Abendbrot, dann machte ich mich vom Acker. Stylen musste ich mich nicht mehr, denn ich hatte noch das Make-up vom Fotoshooting im Gesicht. Das passte schon. Sollte Brian ruhig mal sehen, was ich für ein cooles Mädchen war, wenn ich ein bisschen zurechtgemacht war. Kaum hatte ich das gedacht, rief ich mich aber auch schon wieder zur Ordnung. Brian hatte in meinen Gedanken nichts mehr zu suchen, nicht mal mehr in meinen Rachegedanken. Er war jetzt Hannas Freund und darum ging er mich nichts, aber auch gar nichts mehr an.

Die Überraschung bei meinen Freundinnen war groß, als ich so völlig unerwartet im B248 auflief. Aber auch etliche andere Leute dort begrüßten mich mit lautem Hallo. Hm, ich hätte nicht gedacht, dass die sich noch an mich erinnerten. Als dann einige jüngere Mädchen sogar ein Autogramm von mir haben wollten, war mir klar, dass mich lediglich das *TeenFashion*-Casting bei denen wieder in Erinnerung gerufen hatte. Die alte Kati war ja auch viel zu unscheinbar gewesen, um überhaupt jemandem aufzufallen, geschweige denn, ihm so lange im Gedächtnis zu bleiben. Aber egal. Es war schon ein tolles Gefühl, jetzt als kleiner Promi hier reinzuschneien. Warum sollte ich das also nicht genießen?

Mila hockte an der Milchbar, und als ich zu ihr trat

und ihr von hinten die Augen zuhielt, schaffte sie es erst gar nicht zu erraten, wer da sein Späßchen mit ihr trieb. Aber dann schnupperte sie plötzlich ganz auffällig und stieß leicht fassungslos hervor: »Sandelholzduft von Räucherstäbchen? Kati, das bist doch nicht etwa du?!«

»Doch, bin ich! Freust du dich?«

Und ob sie sich freute, und weil Hanna grade ein neues Lied probte, dessen Text von Mila stammte, zerrte sie mich sogleich in den Probenraum. Da hockten wir uns in eine dunkle Ecke, schlürften unseren Milchmix und lauschten Brians Band und Hannas Gesang.

»… du hast gesagt, die Sterne –
Du holst sie mir vom Firmament
Und wenn die ganze Erde brennt
Du gehst über glühende Kohlen,
die Sterne zu holen …
für mich … für mich …«

Hanna sang so schön wie immer, aber sie sah dabei nicht in den Saal, sondern zu Brian hinüber, und als sich ihr Blick mit dem seinen kreuzte, da knisterte es und ich hatte das Gefühl, als würde die Luft im Saal brennen.

»Sie lieben ihre Musik«, sagte Mila, »und sie lieben sich.«

Als ich etwas später mit Mila gemeinsam zum Bus ging, weil Hanna von Brian nach Hause gebracht wurde, fragte ich sie nach Markus.

»Alles easy«, erwiderte sie. »Wir sind total glücklich. Ich hätte zwar nie gedacht, dass ausgerechnet Markus zu mir passen würde, aber er steht wirklich zu mir. Er mag Heine und Rilke und er findet meine Texte gut, obwohl sie von Brians Band gespielt werden.«

»Das ist echt cool von ihm«, sagte ich, weil Markus da wirklich über seinen Schatten springen musste. Weder mochte er Brian noch dessen Musik. Da hatte sich bis heute nichts dran geändert. Aber er ließ es Mila wenigstens nicht merken. Und weil offenbar Mila genauso glücklich war wie Hanna, gab ich mir einen Ruck und erzählte ihr von meinen Gefühlen für Maxi.

Okay, gerade Mila war dann wohl doch nicht die richtige Adresse, was ich mir ja eigentlich hätte denken können.

»Der Typ ist nicht echt«, sagte sie auch sogleich. »Du darfst wirklich nichts glauben von dem, was er sagt!«

»Aber er sagt doch gar nichts. Wir liegen uns in den Armen, er berührt mich … und … dann flattern die Schmetterlinge … ganz ohne Worte … einfach so … durch die Wärme seiner Haut, den Blick aus seinen Augen, den Hauch seines warmen, zärtlichen Atems …«

»Na hoffentlich hat er eine angenehm riechende Zahnpasta!«

Herrgott, war das Mädchen mal wieder krass konkret! Die zerstörte echt jede romantische Stimmung. Es war kaum zu glauben, dass sie wirklich diese total lyrischen und stimmungsvollen Texte geschrieben hatte, die Hanna sang. Ob sie die bei jemandem geklaut hatte? *Das ist alles nur geklaut, eho, das ist alles gar nicht deines …*

»Schreibst du eigentlich diese Texte wirklich ganz alleine?«, fragte ich aus diesem Gedanken heraus.

Mila blieb abrupt stehen und blickte mich so was von scharf an, dass ich wünschte, ich hätte die Frage nie ausgesprochen. »Irgendwelche Zweifel?«, fauchte sie.

»Ne… ne… nein…«, stotterte ich verblüfft, weil auch ihre Stimme so aggro klang. »Aber … äh … na ja, passt irgendwie nicht so wirklich zu dir …«

»Ah ja?«, schnaubte sie. »Du glaubst wohl, du hast die Romantik gepachtet! Du und dein Sülzkopf von Maxi! Weißt du was, Kati, du kannst mich mal!« Und mit diesen Worten drehte sie sich um und ließ mich einfach auf der dunklen Straße stehen.

Mit hastigen Schritten eilte ich heim, denn seit mich damals dieser Betrunkene überfallen hatte, fürchtete ich mich ein wenig alleine im Dunkeln auf der Straße. Ich konnte ja nicht davon ausgehen, dass immer ein rettender Tobi auftauchen würde, der mich vor solchen Bedrohungen schützte.

Am nächsten Tag konnte ich es gar nicht abwarten, zum Fotoshooting zu kommen. Wir fotografierten diesmal im größten Kino der Stadt, wie unser Pärchen sich bei einem Kinobesuch näherkam. Es war total lustig, als Maxi und ich uns gegenseitig mit Popcorn fütterten, mit zwei Strohhalmen aus einer Cola tranken und schließlich versonnen dem Film zuschauten, wobei mein Kopf an Maxis Schulter lag. Da Raimund mit seinem riesigen Teleobjektiv und John ziemlich weit weg von uns standen, hörten sie Gott sei Dank nicht, wie Maxi sagte: »Du bist total süß, Kati.«

Natürlich ging mir das wie Honig runter und so flüsterte ich zurück: »Und du bist total cool … weißt du eigentlich, dass …« Ich konnte mir grade noch auf die Zunge beißen, bevor mir herausrutschte … *ich total verliebt in dich bin!* Nee, das musste ich ihm wirklich noch nicht auf die Nase binden.

Aber natürlich hatte er gemerkt, dass ich den halben Satz verschluckt hatte und so fragte er neugierig: »Was soll ich wissen?«

»Äh … nichts … äh … doch … äh … dass ich Popcorn und Cola über alles liebe.«

Er lachte und es klang, als seien seine Stimmbänder mit Nutella eingestrichen: »Ach, und ich dachte, du liebst *mich*.«

»Wie kann er so etwas sagen?«, fragte ich Hanna.

Natürlich war ich total geschockt sofort nach dem Shooting aufs Kinoklo gerannt und hatte sie angerufen. »Meinst du, man hat mir meine Verliebtheit so deutlich angesehen?«

»Möglich«, meinte Hanna zunächst wenig aufbauend, um dann aber hinzuzufügen: »Aber das muss nicht sein. So einer lässt doch ständig solche Sprüche ab. Das heißt gar nichts.«

»Nicht? Du meinst, er würde es nicht gut finden, wenn ich in ihn verliebt wäre?«, sagte ich enttäuscht. »Ich finde, es klang so, als wenn er sich darüber freuen würde.«

»Mag ja sein«, blieb Hanna sachlich, »so was schmeichelt natürlich seiner Eitelkeit, aber das heißt ja nicht, dass er deine Gefühle erwidert, dass er auch in *dich* verliebt ist.«

»Aber wir haben alles geteilt, das Popcorn, die Cola, die Umarmung … warum soll es bei den Gefühlen anders sein?«

Ich verstand Hannas Vorbehalte nicht und hatte stärker denn je das Gefühl, dass mir meine Freundinnen so einen coolen Jungen wie Maxi einfach nicht gönnten. Aber das war ein ziemlich blödes Gefühl, denn sie waren schließlich meine Freundinnen und würden mir alles Glück der Erde wünschen. Hanna ging darum auf meine Frage gar nicht mehr ein, sondern stellte stattdessen selber eine.

»Was ist eigentlich zwischen dir und Mila passiert? Habt ihr euch gestern noch gestritten? Sie sagt, du sollst dich mit Maxi einsargen lassen, solange du in den verknallt bist, würde sie die Kommunikation mit dir abbrechen.«

Mein Herz fühlte sich plötzlich wie ein Klumpen Eis in meiner Brust an.

»Das hat sie wirklich gesagt?«

»Na, sonst würde ich es ja nicht erzählen.«

»Das ist gemein! Dabei habe ich ihr gar nichts getan!«

»Das sieht sie wohl anders«, meinte Hanna. Aber da ich mir wirklich keiner Schuld bewusst war, sagte ich nur muffig: »Dann muss sie das eben tun.« Und um eine weitere Diskussion zu vermeiden, beendete ich das Gespräch. Hatte ja eh nichts gebracht.

Warum konnte sich eigentlich keine meiner Freundinnen mit mir darüber freuen, dass ich mich in Maxi verliebt hatte? Sie hatten doch beide selber einen Freund und es bestand wirklich kein Grund neidisch zu sein. Aber warum nur waren sie dann so ablehnend?

»Weil wir immer noch denken, dass du und Tobi ein ideales Paar seid«, simste mir Hanna zurück, als ich sie das kurz vorm Einschlafen per SMS noch fragte.

Ich schlief in dieser Nacht gar nicht gut.

Am nächsten Morgen in der Schule fiel mir wenige Minuten vor der Deutschstunde ein, dass ich vergessen hatte, die Hausaufgaben zu machen. Auch wenn Mila so eine Art Legasthenie hatte und hin und wieder viele Rechtschreibfehler machte, so schrieb sie doch die ultimativ besten Interpretationen. Also drängte ich den Gedanken an unseren Streit zurück und fragte sie, ob ich mal schnell Deutsch bei ihr abschreiben könnte.

Ein wenig widerwillig zog sie ihr Heft aus der Tasche. »Mach es aber nicht wörtlich. Ich will nicht, dass Frau Kempinski merkt, dass ich dir mein Heft zum Abschreiben gegeben habe.« Das klang so unfreundlich, dass ich sie einen Moment fassungslos anstarrte.

»Dann lass es doch gleich«, schnauzte ich wütend, drehte mich um und rannte aufs Klo. Hm, ich musste mir wohl mal ein anderes Fluchtrefugium suchen, jedes Mal Klo als Schutzraum kam nicht wirklich gut. Aber find mal was in unserer Schule, wo du einen Moment ungestört deinem Frust nachhängen kannst. Da gibt es nichts. Hm, vielleicht nächstes Mal den Saniraum ausprobieren …?

Erst beim zweiten Klingeln ging ich zurück in die Klasse. Da war Frau Kempinski schon da, und weil ich so schön auffällig zu spät gekommen war, verlangte sie auch sofort von mir die Hausaufgabe. Na toll, das versprach ja heute mal wieder ein ausgesprochener Glückstag zu werden. Was nun? Ich beschloss, die fehlende Hausaufgabe auf das Fotoshooting zu schieben.

Frau Kempinski klang ehrlich enttäuscht, als sie sagte: »Kati, das ist keine Entschuldigung. Niemand hat etwas dagegen, dass du außerhalb der Schule solche Dinge tust. Aber deine schulischen Leistungen dürfen nicht darunter leiden. Ich werde deine Mutter anrufen und sie bitten, etwas mehr darauf zu achten.«

Super, schlimmer konnte es ja wohl nicht kommen und nur weil meine angeblich beste Freundin

Mila nicht wollte, dass ich bei ihr abschrieb. Tolle Freundschaft!

Und als Vanessa auch noch zischte: »Hättest *mich* ja fragen können, ich hätte nicht Nein gesagt«, da ärgerte ich mich noch mehr und schwor mir, Mila in Mathe auch nicht mehr zu helfen.

Zu Hause hing dann eine drohende Gewitterwolke über dem Mittagstisch, die sich bei Papas ersten Worten dramatisch entlud. »Du hast unser Vertrauen missbraucht«, sagte er ernst, »dabei haben wir dich immer unterstützt, Kati. Du weißt, dass wir dir fast alles erlauben, aber nicht, wenn die Schule darunter leidet. Wenn diese Modelgeschichte dazu führt, dass du deine Aufgaben für die Schule nicht ordnungsgemäß erledigst, müssen wir leider unsere Erlaubnis zurückziehen.«

Als wenn das so einfach ginge, dachte ich, immerhin hatten meine Eltern den Vertrag ja auch unterschrieben und aus so einer Produktion konnte man nicht so einfach aussteigen, da wäre sicher eine Konventionalstrafe fällig – und bei so einer riesigen Kampagne fiel die bestimmt nicht niedrig aus. Egal, damit konnte ich meinem Vater nun ja nicht kommen, ohne ihn noch weiter auf die Palme zu bringen. Also versuchte ich es mit Deeskalation. Erst mal alles einen Gang runterfahren. Ich mimte also die zerknirschte Tochter, der die ganze Sache abgrundtief leidtat. Tat sie ja eigentlich auch und darum wirkte ich in der Rolle ziemlich echt.

»… und dann habe ich die Deutschhausaufgabe völlig vergessen. Das kann doch mal passieren. Wäre ja nicht das erste Mal. Mit dem Fotoshooting hat das wirklich gar nichts zu tun … im Gegenteil … ich habe meine Aufgaben in den letzten Tagen sehr viel sorgfältiger gemacht … ich will euch doch auch beweisen, dass ich das schaffe – beides, gute Schulnoten und die Werbeaufnahmen.«

Ich musste wohl wirklich sehr glaubwürdig rübergekommen sein, denn Felix ergriff nun sofort für mich Partei. Und um diese unerfreuliche Situation abzukürzen, meinte sie als harmoniebedürftiger Mensch: »Dann ist ja alles gut, ich konnte mir auch gar nicht vorstellen, dass du unser Vertrauen so wenig würdigst.«

Papa fand ihr frühes Entgegenkommen offenbar nicht so toll, denn er meinte noch mahnend: »Aber so etwas kommt nicht noch mal vor. Es ist sehr unangenehm, wenn deine Klassenlehrerin bei uns anrufen muss.«

Tja, das fand ich auch und so nickte ich zustimmend.

Als ich später in meinem Zimmer auf dem Teppich mit Raudi spielte, fragte ich mich aber doch, ob es meine Verliebtheit in Maxi war, die mich alles andere und selbst meine Deutschaufgaben vergessen ließ?

Ob er mich wohl auch liebte? Wie konnte ich das nur rauskriegen? Schade, dass die Zeiten vorbei waren, als man einem Jungen nur einen Zettel zustecken musste, auf dem stand: *Willst Du mit mir gehen? Ja – nein – vielleicht ... kreuze an.* Was würde Maxi wohl ankreuzen? Vermutlich *vielleicht*. Da musste er sich nicht entscheiden und hielt sich alle Optionen offen. Wenn ich so zurückdachte, hatten auf meinen Zetteln die Jungs eigentlich immer *vielleicht* angekreuzt. Warum wohl? Weil Jungs einfach entscheidungsschwach waren oder weil ich kein Mädchen war, in das man sich sofort Hals über Kopf verliebte?

Traurig starrte ich auf das Bild neben meinem Diwanbett, das mich mit Tobi im Harz zeigte. Und ohne wirklich darüber nachzudenken, was ich tat, schickte ich ihm spontan eine SMS:

Liebst Du mich? Ja – nein – vielleicht! Kreuze an.
Ich musste völlig durchgeknallt sein.

Die Antwort kam mitten in der Nacht, das heißt, es war schon nach Mitternacht, als mein Handy röhrte und eine eingegangene SMS anzeigte. Ich sah gleich, dass sie von Tobi war, und als ich sie mit zitternder Hand aufrief, las ich:

Es haben unsre Herzen
Geschlossen den heiligen Bund
Sie lagen fest aneinander
Verstanden sich jede Stund
Nur die zarte Rose,
Mit der ich dich beglückt,
Mein süßer Liebesbote,
Die wurde dabei fast zerdrückt.

Ich legte das Handy zur Seite und schloss die Augen. Hm, wo hatte er denn das geklaut? Klang nach *Heine* oder so, in einer freien Bearbeitung von Tobi. Marcel Reich-Ranicki würde garantiert den Bildungsnotstand ausrufen, wenn ihm das vor die Augen käme. Aber ich fand es sehr süß, obwohl ich nun gar nicht einschlafen konnte, sondern die Szene vor mir sah, als ich mit Tobi ein Picknick am See gemacht hatte. Er hatte mir eine zartrosa Rose geschenkt und ich hatte sie mir in den Ausschnitt gesteckt. Und als wir uns küssten und kuschelten, da hatte niemand von uns mehr an die kleine Rose gedacht, bis zu dem Moment, als sie mit ihren wehrhaften Stacheln in meine Brust pikste. Ich hatte geschrien und wir waren auseinandergefahren, weil wir dachten, eine Wespe oder ein anderer Wiesenbewohner hätte sich zwischen uns geschlichen und mich gestochen oder gebissen. Dann entdeckten wir die zerdrückte Rose in meinem Dekolleté, bargen lachend das arme Blümchen und stellten es in einen Becher mit Teichwasser.

Und das Wunder geschah, die Rose wurde gerettet und blühte eine ganze Woche lang. Jetzt hing sie an der Wand über meinem Bett neben einem Kirmesherz, das Tobi mir geschenkt hatte. Ich fühlte, wie mir eine Träne über die Wange lief. Warum tat er das? Warum schrieb Tobi mir so ein Gedicht, das alte Erinnerungen weckte und vergessen geglaubte Gefühle wieder aufwühlte? Warum schrieb er auf eine klare Frage nicht einfach eine klare Antwort.

Ja oder nein! Warum drückten sich Jungs bloß immer um Entscheidungen herum? Vielleicht ... vielleicht was?

*Kapitel 6
Beziehungscocktails*

Wirklich, ich wollte Mila und Markus nicht belauschen, aber als ich am nächsten Schultag nach der großen Pause am Saniraum vorbeiging, da sah ich die beiden durch den offenen Türspalt auf der Liege sitzen und diskutieren. Klar, frau spioniert einer Freundin nicht hinterher, aber die beiden sahen so ernst aus, dass ich mir echt Sorgen machte und ganz leise näher schlich und lauschte. Vielleicht konnte ich ja helfen. Auch wenn ich mit Mila im Moment etwas überkreuz war – wenn sie meine Hilfe brauchen sollte, würde ich sie ihr natürlich nicht verweigern. Schließlich musste eine Freundschaft wie die unsere auch mal eine Meinungsverschiedenheit aushalten können, ohne gleich zu zerbrechen. Wir waren ja keine dummen Hühner, die sich gegenseitig die Federn ausrissen und die Augen aushackten, wenn sie unter Stress standen.

»… es ist wirklich nicht mehr auszuhalten mit meinem Vater«, sagte Markus grade, »er braucht dringend wieder eine Frau. Einerseits kann er meine Mutter nicht vergessen, aber andererseits kommt er ohne eine Frau einfach nicht klar. Ich schmeiße im Moment den ganzen Haushalt und er kümmert sich nur noch um die Pferde. Außerdem meckert er ständig an mir herum … das hat er früher nie getan.«

Mila nickte. »Das kenne ich, bei meiner Mutter ist es genauso. Wenn sie einen Freund hat, ist sie viel ausgeglichener. Da sind Eltern wohl nicht anders als wir.«

Markus grinste.

»Tja, darum habe ich ja gedacht … also, als deine Mutter damals bei uns auf dem Hof war, da haben sich doch unsere Eltern richtig gut verstanden … aber dann am Schulfest, da ist plötzlich dein Vater, dieser Robin van Dalen, aufgetaucht und hat alles versaut. Und nur weil er Brians dämliche Band anhören wollte.«

Mila ging hoch wie eine Katze, der man auf den Schwanz getreten hatte. »Brians Band ist nicht dämlich! Du hast wohl vergessen, dass *ich* die Texte für sie schreibe. Und was meinen Vater angeht, was soll der denn wohl versaut haben? Der ist Medienmager und es ist nur normal, dass er sich hoffnungsvolle Nachwuchsgruppen anhört.«

»Hoffnungsvolle Nachwuchsgruppen? Damit meinst du jetzt aber nicht diesen chaotischen Haufen um Brian?«

Das klang gar nicht nett und ich konnte mir Milas Reaktion schon ausmalen. Klar, dass sie noch gereizter reagierte als zuvor.

»Genau den meine ich!«, bellte sie Markus an. »Und selbst dir müsste ja aufgefallen sein, dass mein Vater schwer begeistert war von Brian. Sonst hätte er ihn ja wohl kaum nach Berlin eingeladen, um eine Demo-CD aufzunehmen.«

Markus lachte, aber es klang falsch.

»Mit genügend Vitamin B wird selbst aus Kiwi und Knolle noch 'ne Girlgroup!«

»Du bist so ein Arsch!«, rutschte es Mila empört heraus. Und weil sie offenbar kurz vor der Explosion stand, fügte sie wütend hinzu: »Und was deinen Vater und meine Mutter angeht – du glaubst doch nicht im Ernst, dass sich meine Mutter mit dem Vater meines Freundes einlassen würde!«

Markus stand abrupt auf. »Nee«, schnaubte er, »so wie die drauf ist, nimmt sie ja lieber gleich deinen Freund! Kannst froh sein, dass ich nicht Pit Winter heiße und eher nicht auf Frauen über vierzig stehe!!«

Er war so schnell an der Tür, dass für mich jede Flucht zu spät kam. Wir knallten voll zusammen, und weil er meine Nase getroffen hatte, begann die sofort zu bluten. Ich hielt die Hand darunter und zog das Blut hoch, was im Mund total eklig schmeckte, weil es nun irgendwie hinten im Rachen runterlief. Aber anstatt mich zu bedauern, knurrte Markus mich an: »Was machst du denn hier? Spionierst du uns nach?«

Was sollte ich darauf sagen? Schuldbewusst senkte ich den Kopf und das Blut tropfte auf den Boden. Aber da wir ja praktischerweise vor dem Saniraum standen, schob ich Markus aus dem Weg und suchte nach einem Verbandspäckchen.

»Mach mal auf«, sagte ich zu der wie erstarrt noch auf der Liege hockenden Mila. Mit sehr langsamen und mechanischen Bewegungen friemelte sie mit abwesendem Blick die Folie ab, dann presste ich mir den Zellstoff aus dem Päckchen unter die Nase und setzte mich zu ihr. Als ich zur Tür blickte, war Markus verschwunden.

»Habt ihr euch gestritten?«, fragte ich aus purer Verlegenheit.

Mila war leichenblass und mir war bei ihrem Anblick klar, dass es ihr sehr viel schlechter ging als mir. Mir blutete zwar die Nase, aber ihr offenbar das Herz.

Es klingelte zur Stunde. Mila rührte sich nicht. Und auch beim zweiten Klingeln machte sie keine Anstalten, in die Klasse zu gehen. Aus Solidarität blieb ich bei ihr auf der Saniliege hocken, obwohl mein Nasenbluten inzwischen aufgehört hatte. Ich konnte verstehen, dass sie keinen Bock hatte, jetzt in die Klasse zu gehen. Nur blöd, dass wir grade Rumpelstilzchen hatten. Der regte sich doch garantiert schon wieder auf, weil wir ohne Entschuldigung fehlten. Egal. Wenn eine Freundin Beistand brauchte, dann musste frau ihr den auch geben. Ich legte meinen Arm um Mila und sie ließ es apathisch geschehen.

»Das hat er nicht so gemeint«, versuchte ich sie zu trösten.

Sie reagierte gar nicht. Wie versteinert hockte sie da. Ganz blass und bewegungslos. Wie die marmorne Philomena. Gar nicht mehr Mila.

Das war aber auch gemein, was Markus da gesagt hatte. So redete man nicht über die Mutter seiner Freundin, selbst wenn schon ein Fünkchen Wahrheit an dem, was er gesagt hatte, dran war. Also, bezogen auf die blöde gleichzeitige Verliebtheit in Pit Winter. Das war nichts als eine dieser dämlichen Kapriolen des Schicksals, gegen die wirklich niemand etwas machen konnte. Milas Mutter würde doch ihrer Tochter nie wissentlich den Freund ausspannen! Die ahnte ja nicht mal, dass Mila in unseren jungen Referendar verknallt war. Das war so ein absurder Gedanke von Markus, dass ich mir gar nicht erklären konnte, wie er darauf kam. Nee, das konnte er wirklich nur im Zorn gesagt haben, weil Mila seinem Vater keine Chance bei ihrer Mutter geben wollte.

Genau das war der springende Punkt und Mila erkannte das wohl auch, denn nach einer weiteren langen Weile des Schweigens sagte sie schließlich: »Ich finde den Vater von Markus ja nett, aber ich, ich habe doch einen eigenen richtigen Vater ... ist es so schwer zu verstehen, dass ich möchte, dass der mit meiner Mutter wieder zusammenkommt?«

»Nein, ist es nicht«, sagte ich. »Ist total verständlich. Würde ich ja auch wollen, also wenn es mein Vater wäre ... Aber Markus hat es sich halt irgendwie schön ausgemalt ... er und du und sein Vater und deine Mutter ... wäre ja auch total romantisch ...«

»Romantisch? Was ist denn da romantisch dran? Der wäre dann mein Stiefvater und Markus mein Stiefbruder, meinst du, ich will ständig von Vanessa hören, dass ich was mit meinem Stiefbruder am Laufen habe?«

Hm, das Problem sah ich jetzt nicht. War doch nichts Schlechtes oder Verbotenes. Selbst mit meinem Cousin war es doch gegangen, bevor der sich in Bayern neu verliebt hatte. Also sagte ich: »Da machst du dir viel zu viele Gedanken. Ich finde die Idee von Markus echt süß, weil es zeigt, dass er immer mit dir zusammen sein will, wie in einer richtigen Familie.«

»Familie! Sag doch gleich, wie Bruder und Schwester! Was ist das für ein Scheiß! Branko will Hanna vor lauter Liebe an die Wäsche und Markus möchte mit mir, seinem Vater und meiner Mutter auf Familie machen! Kotz, spei! Das ist doch wohl das Abartigste, was ein Freund einem sagen kann! Das ist doch keine Liebe mehr!«

Irgendwie kam ich jetzt nicht mehr ganz mit. »Wieso?«, fragte ich also irritiert, aber Mila nahm mich gar nicht mehr wahr, sondern redete weiter vor sich hin. Nachdem sie so lange schockiert geschwiegen hatte, brach sich nun ihr ganzer Frust in einem Redeschwall Bahn, der schließlich mit den Worten endete: »Er macht alle schlecht, die ich liebe … meinen Vater, Brian … meine Mutter, Piwi … er ist so ein Machoarsch!!!«

Noch einmal versuchte ich sie zu besänftigen und eine Lanze für Markus zu brechen, auch wenn er sich denkbar blöd benommen hatte. »Aber er hat es doch nicht so gemeint, er ist nur so enttäuscht, weil er deine Mutter gut findet und es toll gefunden hätte, wenn sie und sein Vater und du und er …«

»Ja, toll, Doppelhochzeit, oder was?«

Genau als Mila das sagte, standen Hanna und Tobi plötzlich in der Tür des Saniraumes.

»Hier steckt ihr!«, rief Hanna erleichtert aus. »Rumpelstilzchen wollte schon die Polizei rufen lassen, weil ihr nach der großen Pause so plötzlich verschwunden wart.«

»Geht es dir nicht gut, Kati?«, fragte Tobi besorgt. »Du hast Blut im Gesicht.«

Da hatte ich wohl etwas vom Nasenbluten verschmiert. Hm, das war die einzige Ausrede, die wir hatten, also sagte ich dramatisierend: »Ach Mensch, ich hatte plötzlich total das Nasenbluten und Mila war so lieb, mich in den Saniraum zu begleiten. Jetzt geht es aber wieder. Wir wollten grade hoch in die Klasse kommen.« Ich stand auf.

»Willst du das nicht abwaschen?«, fragte Tobi. Und starrte etwas blässlich im Gesicht auf meine Nase. Gott, nahm ihn das so mit?

Ich schüttelte leicht den Kopf.

»Nee, das lassen wir besser dran, wer weiß, ob Rumpelstilzchen uns sonst glaubt.«

Rumpelstilzchen machte nicht den Eindruck, als ob er mir und Mila glauben würde, aber bei dem schlagenden Beweis unter meiner Nase blieb ihm nichts anderes übrig. Natürlich ätzte er dennoch, denn Mila und ich hatten den Mathetest verpasst.

»Wenn die Damen es für angebracht halten, sich ausgerechnet während des Mathetests die Nasen blutig zu schlagen, werde ich daran wohl nichts ändern können. Angesichts der dadurch entstandenen allgemeinen Unruhe kann man jedoch nicht von einem regulären Ablauf des Tests reden. Er wird darum am nächsten Mittwoch noch mal geschrieben. Vanessa, sammle die Hefte ein. Ich werte das als eine Probearbeit. Wir setzen den Unterricht normal fort.«

Mila und ich schlichen an unsere Plätze und holten die Mathebücher hervor.

»Kilian, bitte erkläre mir die binomische Formel auf Seite 47, zweiter Rechensatz…« Kiwi begann zu stottern.

Ich schaltete die Ohren auf Durchzug und schielte zu Markus hinüber. Als sich unserer Blicke trafen, drehte er den Kopf schnell weg. Himmel, der benahm sich ja genauso bescheuert wie Tobi. Und tatsächlich, als mein Blick auf dem Weg ins Mathebuch noch kurz bei Tobi vorbeiwanderte, sah auch der mit roten Ohren angestrengt auf die Rechenaufgaben. Waren die Jungs in unserer Klasse eigentlich alle durchgeknallt?

Nicht alle. Brian schob wie gewohnt seine ruhige Kugel. Da war er fast wie Hanna, die in letzter Zeit auch selten etwas aus der Ruhe brachte. Irgendwie passten die beiden schon ganz gut zusammen. Natürlich war es dann auch Hanna, die Mila gleich nach dem Unterricht aufs Mädchenklo zerrte. Klar, dass ich den beiden folgte.

Leider waren auch Carmen und Vanessa sofort hinter Hanna und Mila hergeprescht, was Kiwi mal wieder zu seinem Standardspruch von Mädchen als »Rudelpissern« veranlasste, worauf ich nicht anders konnte und ihn einen »Vollpfosten« nannte. Aber da er wohl heute eine intellektuelle Sternstunde hatte, meinte er: »Besser Pfosten als Brett!« Und weil er wohl meinte, ich könnte ihm in seine geistigen Höhen nicht folgen, erklärte er: »So von wegen nageln, du verstehst?«

Tat ich zwar, aber ich wollte es gar nicht verstehen. Kiwi war doch einfach nur versaut. Ich hob mein Knie leicht an und sagte unmissverständlich: »Noch ein Wort und du hast Nudelsalat in der Hose. Du weißt ja wohl, dass ich im Kurs *Selbstverteidigung für Mädchen* als Beste abgeschnitten habe.«

Er hielt schützend seine Hand vor den Hosenstall und machte sich vom Acker, dabei murmelte er: »Nun chill mal, Baby. Warum denn gleich so aggro.«

Wie ich diese Kerle gefressen hatte! Allerdings waren Vanessa und Carmen im Mädchenwaschraum nicht viel besser.

»Habt ihr euch geprügelt, du und Mila?«, griffen sie sofort Rumpelstilzchens zynische Bemerkung auf. Wären sie geistig fitter, hätten sie vielleicht die Ironie darin erkannt. So nahmen sie seine Worte tatsächlich für bare Münze. Also klärte ich sie erst mal auf: »Niemand hat sich geprügelt. Das war nur so ein Spruch von Rumpelstilzchen. Und alles Weitere geht euch gar nichts an.«

»Interessiert uns aber trotzdem. Schließlich ist Markus ja auch zu spät in die Klasse gekommen und er sah gar nicht gut aus. Hast du dich mit *ihm* gehauen?«

Oh du liebes Lieschen! Hatte Vanessa eine Hirnblutung? Was stresste die denn hier jetzt so rum? Am besten ignorieren, sagte ich mir, trat zum Waschbecken und wusch mir den Blutrest aus dem Gesicht.

»Keine Antwort ist auch 'ne Antwort«, meinte Vanessa. »Hast ja Glück gehabt, Kati, dass Markus dir kein blaues Auge verpasst hat. Dann wäre es nämlich aus mit der Modelkarriere!«

Mann, hatte die Probleme, dachte ich noch, als Hanna bereits trocken sagte: »Falls es dir noch nicht aufgefallen ist, Vanessa, unsere Jungs schlagen grundsätzlich keine Mädchen. Aber wenn Brian dich so hören würde, könnte ich mir vorstellen, dass er für dich eine Ausnahme machen würde. Was meinst du, soll ich ihn bitten, dir diese Erfahrung mal zu gönnen?«

Und weil Vanessa darauf nichts mehr einfiel, sagte sie nur patzig: »Gönn sie dir doch selber!« und rauschte endlich mit Carmen im Schlepptau wie eine aufgetakelte Fregatte im Sturm aus dem Waschraum.

Da aber nun leider die Pause um war, konnten wir uns gar nicht mehr mit Milas Problem beschäftigen.

Also verabredeten wir uns für den Abend im Frisiersalon von Milas Mutter, wo Mila nach wie vor sauber machte, um sich ein bisschen was zum Taschengeld dazuzuverdienen.

»Ihr seid doch die Besten«, sagte sie mit leicht wässriger Stimme und feucht glitzernden Augen, als wir sie nacheinander umarmten.

»Passt schon«, sagten Hanna und ich wie aus einem Munde.

Am Nachmittag war wieder ein Fotoshooting angesetzt. Ehrlich gesagt war ich inzwischen ganz froh, dass die Sache allmählich dem Ende zuging. War doch ziemlich anstrengend, jeden Tag Fotos zu machen. Vor allem, weil da noch so viel dranhing. Ich musste zum Beispiel immer mit frisch gewaschenen Haaren und ohne Make-up auflaufen, damit ich dann professionell geschminkt und frisiert werden konnte. Das hieß, nach der Schule nach Hause hetzen, schnell essen und dann sofort unter die Dusche. Anschließend Haare föhnen und zur Bushaltestelle sausen, um grade noch den Bus in die City zu erwischen. Eine wirklich elende Hektik.

Stets wurden zudem mehrere Outfits ausprobiert, bis endlich die Klamotten feststanden, die während der Fotoszenen getragen werden sollten. Oft musste ich mit Maxi zusammen die Sachen anprobieren, damit seine und meine Garderobe auch gut harmonierten, vom Stil und auch von der Farbe her. Manchmal war ein Teil zu kurz, was ich aber unbedingt präsentieren sollte und dann wurde der Saum ausgelassen oder der Bund hinten aufgeschnitten, damit Rock oder Hose etwas tiefer rutschten. Auf den Fotos sah man das dann natürlich nicht. Da sah man auch nicht die ganze Anstrengung, die uns diese Vorbereitungen kosteten. Für eine Stunde Fotografieren mussten wir meistens mindestens zwei Stunden für Maske und Garderobe schuften. Wirklich, Models und Schauspieler taten mir nach diesen Erfahrungen direkt leid. Aber andererseits verdiente man ja nicht schlecht. Gut war, dass Maxi die ganze Hektik überhaupt nicht zu berühren schien. Er blieb stets witzig und locker und half mir so oft genug über den Stress hinweg. Ja, so froh ich war, dass die Aufnahmen Ende der Woche beendet sein würden, so traurig machte mich der Gedanke, Maxi dann nicht mehr jeden Tag zu sehen. Das war besonders deswegen blöd, weil wir zwar in der Foto-Lovestory ein Paar waren, aber im wirklichen Leben in der Hinsicht gar keine Fortschritte zu verzeichnen waren.

Wenn Maxi nun nicht bald selbst mal aktiv wurde, würde ich mir etwas einfallen lassen müssen. Aber vielleicht wollte er ja auch das Ende der Fotoarbeiten abwarten, damit Berufliches nicht mit Privatem vermischt wurde. Kerle dachten manchmal so. Ich schaute zu ihm hinüber, wie er sich einen dünnen schwarzen Schlips locker um den Hals band und einen schwarzen Hut frech in die Stirn zog. Er trug ein weißes Hemd und eine schwarze Jeans und wirkte einfach umwerfend auf mich. Mein Herz schlug Purzelbäume und mein Kreislauf lief vor und zurück bei seinem Anblick, und als er dann noch dieses schelmische Grinsen aufsetzte, das vom Mund bis in die Augenwinkel reichte ... au weia! Liebe, Liebe, lass mich los!

Meine Güte, es begann in mir zu kribbeln und zu krabbeln, als hätte ich eine Badewanne voller Kakerlaken verschluckt. Äh, bäh, das war jetzt kein guter Vergleich ... besser Maikäfer ... ach Quark, bleiben wir doch einfach bei den guten alten Schmetterlingen – butterflies of love! Megaromantisch.

Der Junge war zudem, was das Modeln anging, ein Naturtalent. Wirklich, so gut wie der aussah, würde der garantiert Karriere machen ... wenn er nur wollte, auch bei mir. Seufz!

Gutes Aussehen ist nicht alles, sagte eine mahnende innere Stimme in mir. Natürlich nicht, dachte ich, aber schaden kann es auch nicht. Ich wusste inzwischen schon, was ich an Maxi hatte. Der war nicht blöd und sah trotzdem nett aus. Außerdem hatte er richtig gepflegte Umgangsformen, was man auch nicht bei jedem Typen voraussetzen konnte. Wenigstens kriegte er nicht dauernd rote Ohren, und wenn ich ihn ansah, schaute er auch nicht vor Verlegenheit gleich weg, wie Tobi es in letzter Zeit ständig machte. Das war so was von nervend. Selbst nach der Sache im Saniraum benahm er sich kein Stück besser. Ich konnte es einfach nicht mehr ertragen. Jedes Mal wenn ich Maxi sah, musste ich die beiden vergleichen und jedes Mal fiel der Vergleich stärker zu Tobis Ungunsten aus. Vielleicht war gar nicht Tobi der Richtige für mich, sondern Maxi. Ich war selber schüchtern und neigte etwas zu depressivem Verhalten, da war ein Junge, der so lustig und positiv war wie Maxi ein regelrechtes Aufputschmittel. Es war einfach toll, wie viel Spaß wir miteinander hatten. Außerdem kam jemand, der auf die Gerhart-Hauptmann-Schule ging, auch meistens aus einem ordentlichen Elternhaus, worauf meine Eltern bei meinen Freunden ja immer viel Wert legten. Also beste Voraussetzungen. Jetzt musste er mich nur noch lieben.

Ich war diesmal allerdings ziemlich erschöpft nach dem Fotoshooting und hatte eigentlich gar keine Lust mehr auf Milas Probleme. Also, das soll jetzt nicht falsch rüberkommen, ich interessierte mich schon für die Sorgen meiner Freundinnen, aber schließlich hatte ich die von Mila ja bereits im Saniraum mitgekriegt. So war ich geradezu glücklich, als Maxi nach Ende der Aufnahmen vorschlug, doch noch zusammen ein wenig zu chillen und ins *Americano* zu gehen. Das war eine Kaffeebar im amerikanischen Stil, wo man essen oder Cocktails schlürfen konnte. Da gingen auch von unserer Schule oft Leute hin. Ich schaute auf die Uhr. Hm, viel Zeit blieb ja nicht bis zu meiner Verabredung bei Mila, aber da ich ja bereits wusste, worum es ging, würde es sicher nichts ausmachen, wenn ich etwas später bei ihr auflief. Ich schickte ihr also eine SMS und pilgerte mit Maxi ins *Americano* rüber. Er wollte mir gleich einen Caipi spendieren, und als ich wegen des hohen Alkoholgehalts dankend ablehnte, zog er mich sofort mit einem Spruch auf. »Dann eben Milch 43 fürs Baby«, meinte er lachend. Und weil ich das 43 glatt überhört hatte und sowieso nicht gewusst hätte, dass das ein spanischer Likör war, nickte ich zustimmend. Milch war gut, da konnte ich nichts falsch machen.

Leider hatte ich den Milchmix in einem Zug weggeext, weil ich nach den Aufnahmen im heißen Scheinwerferlicht total durstig war. So merkte ich erst am Nachgeschmack, dass das vermeintlich harmlose Gesöff ziemlich verboten nach Alk schmeckte. Hm, mir wurde warm im Magen, wobei ich das nicht mal unangenehm fand. Machte mich irgendwie sogar etwas lockerer. Und weil Caipi wirklich shiggisch war, nahm ich, als Maxi sein Angebot wiederholte, dann doch an. Schließlich hatte mir noch nie ein Junge in einer angesagten Cocktailbar einen Drink spendiert. Tobi schüttete sich früher lieber selber zu, und seit wir zusammen waren, trank er fast gar nichts mehr, weil die Notwendigkeit, sich für einen Flirt Mut anzutrinken, für ihn entfallen zu sein schien. Bei mir allerdings bestand sie noch – und zwar im Moment ganz akut. Dennoch wäre ich von alleine wohl kaum auf die Idee gekommen, mir ausgerechnet beim Alkohol Flirtunterstützung zu holen. Aber hier und heute passte das irgendwie.

Wann, wenn nicht jetzt, konnte ich Maxi zeigen, was für ein tolles Mädchen ich war? Nicht nur als Model, sondern auch als Freundin. Es war der absolut richtige Moment, um tollkühn den ultimativ attraktivsten Typ der City anzugraben. Und wenn mir der Alk dabei half, umso besser. So blieb es nicht bei einem Cocktail, und weil ich mich sehr schnell als blutiges Greenhorn outete, was Cocktails anging, meinte Maxi mir mal eine Nachhilfestunde geben zu müssen. Er bestellte gleich drei verschiedene Cocktails zusammen und ließ mich jeden probieren. Was mich wunderte war, dass niemand daran Anstoß nahm, dass wir Jugendliche waren. Gut, so gestylt vom Fotoshooting wirkten wir vielleicht schon wie achtzehn, aber wirklich gefragt hatte uns keiner. Schade, denn dann wäre ich Maxis Cocktailprobe vielleicht noch entkommen. So aber wollte ich keine Spaßbremse sein und schnupperte an Wiskey Sour, Planters Punch, Margarita und was nicht noch allem … aber mit dem Schnuppern gab sich Maxi nicht zufrieden. Er nötigte mich, von jedem Cocktail auch einen ordentlichen Schluck zu nehmen. »Das musst du einfach mal gemacht haben«, meinte er, »eine Frau von Welt muss die wichtigsten Cocktails kennen. Du willst dich doch schließlich nicht blamieren?!«

Nee, wollte ich sicher nicht, mich blamieren, auch wenn ich nicht wirklich wusste wo. In meinem Freundeskreis wurden solche hochprozentigen und exklusiven Getränke eher nicht konsumiert. Erstens war es verboten und zweitens fehlte uns auch das nötige Kleingeld. Ich hatte zwar gesehen, dass bei der letzten School-is-out-Party jede Menge Mädchen in meinem Alter irgendeinen Schnaps mit Milch tranken und die Jungs Wodka mit Brausepulver, aber weil ich auch sah, wie schnell die sich damit wegschossen, hatte ich davon lieber die Finger gelassen. Eigentlich hätte ich also gewarnt sein können, denn in den Cocktails, die Maxi für uns bestellte, war nicht weniger gefährliches Zeug drin. Aber irgendwie hatte mich schon das Schnuppern an den Cocktails in eine solche Euphorie versetzt, dass ich jegliche Vorsicht vergaß. Klar, dass ich bald ganz schön locker wurde und mich auch was traute.

»Ma…, Ma…, Maxi«, stotterte ich mit etwas schwerer Zunge, »i…, i…, ich muss dir was sagen. Du bist voll cool.«

Maxi grinste und meinte ironisch: »Das brauchst du mir doch nicht zu sagen, Kati, das weiß ich doch selber.«

Auch Maxi war sehr locker drauf und es dauerte nicht lange, bis wir anfingen herumzuknutschen. Als er meine Lippen und dann stürmisch und verlangend mit seiner Zunge meine Zähne berührte, da war es, als katapultierte mich das Schicksal mit einer Riesenschleuder geradewegs in den siebten Himmel. Der Junge schmeckte ja so was von lecker, was natürlich nach den verschiedenen Cocktails kein Wunder war, und ich war ihm sofort mit Haut und Haaren verfallen. Und innerlich betete ich: Lass es Liebe sein! Bitte, auch bei ihm!

Mein Date mit Hanna und Mila geriet mir völlig aus dem Blick und ich hatte nur noch Augen für ihn, Maxi, den absolut tollsten Typ, der mir je im Leben über den Weg gelaufen war. Wir knutschten uns im Handumdrehen auf die marshmallow-weiche Wolke 7, und weil er mir zwischen Küssen und Cocktails immer wieder kleine Zärtlichkeiten ins Ohr säuselte, merkte ich nicht, wie die Zeit verging.

Ich relaxte in seinen Armen und ließ die Welt Welt und den Herrgott einen guten Mann sein. Leben ist jetzt, war das Einzige, was ich noch zu denken imstande war.

Das war auch so ziemlich das Einzige, woran ich mich erinnerte, als Maxi mich sehr verspätet beim Frisiersalon von Milas Mutter ablieferte. Hanna hatte mir mehrere SMS geschrieben und die letzte war mir dann zufällig in den Blick geraten, weil Maxi mal zur Toilette rausmusste und ich aus Langeweile mein Handy checkte. Da war mir mein Date mit Hanna und Mila allerdings schon völlig entfallen. So bekam ich einen tüchtigen Schreck, als ich las, dass die beiden sich Sorgen um mich machten, und als Maxi zurückkam, erklärte ich ihm darum, dass ich sofort aufbrechen müsste.

»Sag doch einfach ab«, meinte er zwar, »wir könnten doch bei mir noch etwas weiterfeiern«, aber nun hatte ich mich bereits entschlossen.

»Ne… nein, das duldet keinen Aufschub mehr«, sagte ich und fand es nicht so wirklich cool, dass mir dabei meine Stimme nicht mehr so ganz gehorchen wollte. »Du ka… kannst ja noch bleiben«, stammelte ich, »aber ich muss jetzt gehen.«

Er war wie immer Gentleman. »Ist doch klar, dass ich dich bringe«, sagte er und weil es, Gott sei Dank, nicht allzu weit bis zum Frisierladen war, hatten wir es auch bald geschafft. Trotz der Schlagseite, die ich irgendwie zu haben schien. Aber Maxi war ja bei mir und schaffte es, meine schräge Gangart so zu lenken, dass wir tatsächlich bei Mila ankamen, ohne dass ich Passanten, Straßenlaternen oder Papierkörbe niederwalzte. Gleich nachdem ich mich mit einem Knutscher von Maxi verabschiedet hatte und in den Salon trat, wurde mir jedoch so schlecht, dass ich es nicht mal mehr bis zur Toilette schaffte. Ich öffnete die Ladentür, sagte irgendwas wie »Hallo, Mädels« und spuckte den gesamten Cocktailmix vor die Ladenkasse. Liebes Lieschen! Hoffentlich hatte Mila da noch nicht geputzt. Hatte sie natürlich, aber das machte jetzt auch nichts mehr aus. Hanna schleppte mich sofort in die Personaltoilette und da reiherte ich dann den Rest meiner Eingeweide in die Kloschüssel.

Die Tränen liefen mir über das Gesicht und als ich wieder einigermaßen den Hals freihatte, stammelte ich: »Wei… weißt du überhaupt, was das alles für teures Zeug ist … Cai…… Caipiranha … Molotowcocktail … Fishermans Friends … Planschbecken…

oder war es Swimmingpool …? Gänseblümchen … äh … nee … eher Margarite … Milch der frommen Denkungsart …«

Hanna lachte. »Letzteres besonders«, meinte sie. »Wenn du das alles durcheinandergetrunken hast, wundert mich dein Zustand gar nicht mehr.«

Sie zerrte mich von der Toilettenschüssel weg und wischte mir mit einem feuchten Handtuch das Gesicht sauber. Dann schleppte sie mich in den Personalraum, wo Mila bereits einen Kaffee kochte. Das Malheur vorm Eingang hatte sie offenbar schon beseitigt. Ich plumpste auf einem Stuhl nieder und ließ den Kopf auf die Tischplatte fallen.

»Es, es tut mir sooooo leid, Mila, aba, aba ich glaube, ich bin etwas zu spät.« Dann war ich mal wieder weg.

Als ich erneut zu mir kam, lag ich zu Hause in meinem Bett und meine Mutter Felix saß bei mir. Erst war ich völlig orientierungslos, aber nachdem sie mir erzählt hatte, dass mich Milas Mutter mit dem Auto gebracht hatte, war ich beruhigt und schlief erleichtert ein.

Zur Erleichterung bestand allerdings nicht der geringste Anlass. Ich war gerade so an einer Alkoholvergiftung vorbeigeschrammt, und wenn mein Vater nicht auf einer Tagung zur Fortbildung in Akupunktur gewesen wäre, hätte der sicherlich den Alkoholgehalt meines Schwächeanfalls gerochen. Das tat Felix wohl auch, aber als sanfter und harmoniebedürftiger Mensch glaubte sie lieber der Erklärung von Mila als ihrer Nase. Und Mila erwähnte natürlich weder meine Kotzeritis noch den Alkohol, sondern meinte: »Sie hat wohl einen Kreislaufzusammenbruch gehabt, ich wette, das war wegen dem Blutverlust heute morgen in der Schule, da hatte Kati nämlich nach einem Zusammenstoß mit Markus ziemliches Nasenbluten.«

Wow, kam das glaubwürdig rüber! An der war ja glatt eine Schauspielerin verloren gegangen. Ich hätte sie knutschen können, so dankbar war ich ihr für ihre Worte. Natürlich nickte ich zustimmend und ergänzte mit leidender Stimme: »Du glaubst gar nicht, Felix, wie das geblutet hat. Mit der Menge Blut hätte ich drei Vampire satt kriegen können!«

»Nun übertreibst du aber, Kati«, meinte meine Mutter lächelnd und stand vom Bett auf, um Mila zur Tür zu bringen. Als sie zurückkam, sah sie aber immer noch besorgt aus.

»Zu dumm, dass Papa nicht da ist, der hätte sicher etwas Aufbauendes für dich in seinem Medikamentenschrank. Ich glaube, ich rufe ihn mal an.«

Sie ging in die Diele und ich hörte sie telefonieren, dann fielen mir erneut die Augen zu.

In dieser Nacht quälte mich ein schrecklicher Albtraum. Ich stand in Acapulco auf einer Klippe hoch über dem Meer und Maxi schubste mich mit den Worten »Das muss eine Frau von Welt mal gemacht haben!« nach vorne. Mit einem Schrei stürzte ich in die blaue, unendliche Tiefe, wo mich das Meer mit einem kräftigen Happs verschluckte. Ade, cruel world! Kati geht und nimmer kehrt sie wieder!

Am nächsten Morgen hatte ich das Gefühl, in meinem Schädel würde ein Beil stecken, dass Freddy Krueger dort bei seinem letzten Massaker vergessen hatte. Wirklich, solche Kopfschmerzen hatte ich in meinem ganzen Leben noch nicht gehabt. Nicht mal wenn ich meine Tage bekam, war es so schlimm und da war es manchmal wirklich schon kaum auszuhalten. Papas Bachblütentropfen halfen mir ja meistens, aber diesmal leider nicht. Als ich mich ins Bad schleppte und in den Spiegel schaute, sah mich ein schattenäugiges gerupftes Sumpfhuhn an. So ähnlich jedenfalls fühlte ich mich. Versumpft. Ich schlich unter die Dusche und überlegte, ob ich nicht vielleicht doch dem Rat meiner Mutter folgen und heute mal die Schule ausfallen lassen sollte. Aber wenn ich das tat, dann konnte ich auch nicht zum Fotoshooting. gehen. Allein die Aussicht, dort wieder in Maxis Arme sinken zu können, ihn zu küssen, von ihm gestreichelt zu werden, weckte ungeahnte Vitalitätsreserven in mir. Ich drehte die Dusche aus, rubbelte mich und meine Haare trocken und schlüpfte in den Bademantel. Ich würde es schon schaffen, Schule und Fotoshooting.

Hallo Maxi – ich komme!

Kapitel 7
Chaos hoch drei

Ich hatte Mila gegenüber ein ganz schlechtes Gewissen, denn über meinem Cocktail-Desaster mit Maxi war ihr Problem mit Markus völlig aus dem Blick geraten. So empfand ich es als eine geradezu glückliche Fügung des Schicksals, dass vor dem Bahnhof Markus in meinen Bus einstieg und sich auch noch auf den freien Platz neben mich setzte.

»Puh«, schnaufte er. »Bin ich froh, dass ich wenigstens diesen Bus noch gekriegt habe. Da lag ein totes Reh auf den Gleisen und wir haben fast 20 Minuten Verspätung deswegen gehabt.« Er grinste. »Fährst du immer auf den letzten Drücker?« Nee, tat ich sonst eigentlich nicht, aber nach dieser Nacht ... hm, das band ich ihm wohl besser nicht auf die Nase. Aber über etwas anderes hätte ich mit ihm schon gerne mal kurz gesprochen. Ich sah mich im Bus um, keine bekannten Gesichter, okay. Versuch macht klug. Wäre doch gelacht, wenn ich ihn und Mila nicht wieder zusammenbrächte!

»Sag mal, Markus, wie ist das denn so alleine mit deinem Vater, kochst du oder er?« Uups, das war wohl nicht so der gelungenste Einstieg in das Thema.

Markus sah mich befremdet an, denn so viel redeten wir sonst eigentlich nicht miteinander und die Frage war ja schon etwas persönlich.

»Meistens ich«, meinte er dann aber doch. »Mein Vater macht Spargel in der Bratpfanne und lässt das Kaffeewasser anbrennen. Der kümmert sich lieber um die Pferde.«

»Blöd, dass deine Mutter diesen Unfall hatte«, sagte ich.

»Woher weißt du das?«

Hätte ich das jetzt nicht sagen dürfen? Ich schielte ihn verunsichert von der Seite an.

»Sagt man so in der Schule, Vanessa, glaube ich, die ist doch in den Osterferien mal bei dir geritten, hast du es ihr da vielleicht gesagt?«

Er zuckte mit den Schultern. »Ich will nur nicht, dass Mila Intimes über mich unter ihren Freundinnen herumtratscht.«

Das klang unfreundlich. Er war offensichtlich sehr sauer auf sie.

»Das würde Mila nie tun«, sagte ich mit fester Stimme. *Sie liebt dich doch,* hätte ich am liebsten hinzugefügt, aber irgendetwas hielt mich dann doch davon ab, mich so auffällig in die Beziehung der beiden einzumischen. Da blieb ich doch besser beim Thema Vater. »Schon mal überlegt, ob dein Vater vielleicht eine neue Frau brauchen könnte?«

»Überlegt schon, aber passende Frauen fallen leider nicht vom Himmel und na ja, ich hab mal gedacht, dass vielleicht Milas Mutter ...« Er wurde sichtlich verlegen, weil er offenbar für seinen Geschmack zu viel gesagt hatte, und brach abrupt ab. »Ach, lassen wir das.«

Jetzt war die Gelegenheit da, Mila zu verteidigen und natürlich ergriff ich sie sofort. »Das war keine gute Idee«, sagte ich, »so was funktioniert nur im Kitschroman, nicht im wirklichen Leben.«

Er sah mich erstaunt an. »Das behauptet Mila auch, aber wieso?«

Hm, wusste ich zwar auch nicht so genau, aber jetzt musste ich mir dennoch ganz schnell eine plausible Begründung überlegen.

»Na ja, eine gute Mutter und ein guter Vater müssen ja nicht unbedingt zusammen auch gute Eltern sein und außerdem weißt du doch, Mila hat einen leiblichen Vater und sie ist so glücklich, dass sie ihn endlich gefunden hat ... Du würdest es doch auch lieber haben, dass dein Vater wieder mit deiner richtigen Mutter zusammenkommt, wenn die Chance bestünde ...«

»Sie besteht aber nicht«, sagte Markus resignierend, »und Milas Mutter wäre kein schlechter Ersatz gewesen, mein Vater jedenfalls fand sie sehr nett.«

»Er wird auch eine andere Frau nett finden«, sagte ich, »wichtig ist, dass er überhaupt dafür bereit ist. Ist er das?«

Markus zuckte die Schultern. »Ich denke schon ... aber er hockt ja nur auf dem Hof rum und lernt niemanden kennen.«

»Dann muss man eben dafür sorgen, dass sich das ändert.«

»Und wie stellst du dir das vor?«

Hm, keinen blassen Schimmer. Doch dann kam mir eine verwegene Idee. »Wie findest du eigentlich Frau Frühauf?«

»Frau Frühauf? Ganz okay, warum fragst du?«

»Ist sie der Typ Frau, der deinem Vater gefallen könnte?«

Markus pfiff durch die Zähne. »Der Typ Frau gefällt jedem Mann«, sagte er. Ich schluckte, denn dass er recht damit hatte, sah man ja an Tobi. Und genau das war der Moment, als mir die glorreiche Idee kam, zwei Fliegen mit einer Klappe zu schlagen. Wenn ich es schaffte, Frau Frühauf mit dem Vater von Markus zu verkuppeln, dann würde Tobi ganz schön blöd dastehen. Und wenn er dann bei mir wieder angekrochen kam, konnte ich ihn triumphierend stehen lassen, denn ich würde längst mit Maxi ein Paar sein. Ich rieb mir innerlich angesichts dieses boshaften Gedankens die Hände. Ja, meine Rache würde grausam sein für ihn, mir aber würde mein Triumph wie Honig runtergehen. Also begann ich, Markus den ihn betreffenden Teil meines Plans zu erläutern.

»… und wenn du noch mal die ganze Klasse für eine Bioexkursion auf euren Hof einlädst, dann kann dein Vater sie ganz unauffällig begutachten …«, flüsterte ich in konspirativem Tonfall. »Und wenn er sie gut findet und sie ihn auch …« Hm, vielleicht konnte ich da ein wenig mit Hexentricks und Zauberei nachhelfen?

Aber Markus sah mich gleich so durchdringend an, als hätte er meine Gedanken erraten und meinte: »Das kann ich alles arrangieren, aber bitte nichts mit Magie und so einem Humbug, nicht dass nachher alle wegen irgendeines Liebestrankes kotzen und wir den Pfarrer für die Beerdigung statt für die Trauung holen müssen.«

Na, der hielt ja viel von meinen Hexenkünsten, aber andererseits schien er ja Optimist zu sein und der Sache mit seinem Vater und Frau Frühauf eine echte Chance zu geben. Klar, dass ich am Ball blieb und gleich versuchte, Nägel mit Köpfen zu machen.

»Dann schlag es Frau Frühauf doch gleich vor, wir haben ja in der Dritten Sexualkunde.«

»Und mit welcher Begründung? Soll ich vielleicht sagen: Hallo, Frau Frühauf, haben sie Lust, mal unseren Deckhengst kennenzulernen und der Klasse zu zeigen, wie der kleine Fohlen macht?«

Was hatte er gesagt? Deckhengst, Fohlen? Genial! Wenn das nicht passte.

»Klar«, rief ich begeistert, »genau das musst du sagen. Sex auf dem Reiterhof, besser geht es doch gar nicht!«

Uups, ich schaute mich im Bus um, das hatte doch wohl niemand gehört? Doch, alle! Wie peinlich!

Auch Markus sah mich irgendwie befremdet an. Hatte ich da was Falsches gesagt? »Äh, Sexualkunde, meine ich.«

Markus lag die Sache mit seinem Vater offenbar sehr am Herzen oder er hatte einfach keinen Bock mehr, alleine den ganzen Haushalt zu schmeißen, was ja auch eine Zumutung für einen Jungen in seinem Alter war. Also meldete er sich tatsächlich in der Biostunde zu Wort und schlug vor, doch mal das Deckverhalten bei Pferden zum Gegenstand einer Bioexkursion zu machen. »Mein Vater würde sich freuen, die Klasse einzuladen und hinterher vielleicht noch etwas zu grillen.«

Na, ob der sich wirklich freuen würde? Eine freute sich jedenfalls schier weg und das war Vanessa. Sie kreischte sofort mit ihrem unnatürlich schrillen Organ ihre Begeisterung heraus.

»Oh wie toll, Markus, was für eine wundervolle Idee«, und zu Frau Frühauf sagte sie bettelnd und total peinlich: »Ach bitte, Frau Frühauf, sagen sie Ja, das wäre ja so toll!!! Bitte!!!«

Natürlich war Frau Frühauf ziemlich überrumpelt, aber da es allen ja beim ersten Besuch auf dem Reiterhof so gut gefallen hatte, bestürmten sie bald auch Kiwi, Knolle, Carmen und der Rest der Klasse. Schließlich schaltete sich Hanna als Klassensprecherin ein: »Markus, das ist ja wirklich ein tolles Angebot«, sagte sie. »Wie lange habt ihr den Deckhengst denn da?«

Das war der springende Punkt. »Nur an diesem Wochenende.« Oh je, das war wohl wirklich etwas zu kurzfristig. Aber Hanna sagte: »Dann müssten wir für Samstag einen Bus besorgen. Das wird knapp, aber wenn Frau Frühauf einverstanden ist, kann ich es versuchen. Wir haben da vom Schülerrat eine gute Verbindung zu einem Busunternehmer...«

»Moment, Hanna«, schaltete sich nun endlich auch Frau Frühauf ein. »Ich habe noch nicht Ja gesagt.«

»Aber auch nicht Nein«, fiel Kiwi ihr ins Wort.

»Halt's Maul, Kiwi«, sagten Hanna und ich aus einem Munde.

»Ich finde es eine sehr schöne Idee von dir, Markus, und ich werde das nach der Stunde auch gleich mal mit dem Herrn Direktor besprechen. Würdet ihr denn die Busfahrt selber bezahlen? Ich fürchte, unsere Exkursionsmittel sind durch die Harzfahrt aufgebraucht.«

»Kein Problem«, meinte Knolle, aber Hanna ließ schnell ein Meinungsbild erstellen und tatsächlich waren alle dafür, die Busfahrt selber zu bezahlen.

»Dafür gibt's ja sicher ein geiles Picknick«, meinte Kiwi. Himmel, war der verfressen! Markus lachte. »Klar, hab doch gesagt, dass wir grillen können. Ist alles da, Grill und Kohle und es kann ja jeder noch ein bisschen was mitbringen, Salat, Brot, Würstchen...«

»Halt, halt, halt«, griff Frau Frühauf nun ein. »Ehe ihr die Futterpläne schmiedet, muss ich die Sache wirklich erst mit der Schulleitung klären. Immerhin ist Samstag ja kein Schultag, da müssen auch eure Eltern einverstanden sein.«

»Sind die«, meinte Knolle trocken, »die sind froh,

wenn sie mich nicht an der Backe haben.« Das konnte ich ausnahmsweise mal nachvollziehen.

Hanna stellte die Ruhe wieder her und Frau Frühauf begann mit dem Unterricht.

Kiwi durfte mal wieder seine Fingerfertigkeit beim Überstreifen eines Kondoms beweisen. Natürlich nur über einen aufgeblasenen Plastikpenis. Aber das war auch schon peinlich genug, denn Frau Frühauf hatte bei dem Versuchsobjekt mit irgendeinem Trick die Luft rausgelassen, sodass die Penisattrappe unter Kiwis flinken Fingern plötzlich in sich zusammenfiel und er ziemlich hilflos versuchte, das schlaffe Ding in das Kondom zu quetschen. Liebes Lieschen, der hatte plötzlich Ohren wie ein Feuermelder, aber so was von leuchtend signalrot!

Schließlich schmiss er frustriert das Kondom auf den Boden und stammelte: »Wa... warum tun Sie das?«

Frau Frühauf lachte. »Damit ihr Kerle mal seht, was im Ernstfall passieren kann. Die meisten ungewollten Teenagerschwangerschaften entstehen, weil Jungs nicht in der Lage sind, ein Kondom über ein nur schwach erigiertes Glied zu ziehen und dann lieber ungeschützten Sex haben.«

Sie wandte sich an Kiwi. »Na, wie war das Gefühl eben?«

»Scheiße«, sagte Kiwi.

»Das dachte ich mir und darum muss man so etwas ja auch üben. Jeder Junge nimmt sich heute ein paar Kondome mit nach Hause und probiert die Sache mal aus. Okay?«

»Gar nicht okay«, meinte Kiwi immer noch voll gefrustet. »Warum können die Weiber nicht einfach die Pille nehmen?«

»Weil die Pille nicht gegen Aids und andere Geschlechtskrankheiten schützt«, meinte Frau Frühauf. Und als es klingelte, versprach sie, noch heute Hanna Bescheid zu geben, ob sie für Samstag den Bus bestellen sollte oder nicht. Ich sah Markus etwas blass werden und darum ging ich zu ihm hinüber und flüsterte ihm zu: »Super gemacht und deinen Vater kriegst du auch noch rum.«

»Dein Wort in Gottes Ohr«, gab er zurück und dann fing ich einen Blick von Mila auf. Ach herrje, die hatte ja bisher zu dem Ganzen gar nichts gesagt und auch jetzt saß sie regungslos an ihrem Tisch und starrte mit ihren großen dunklen Augen zu uns herüber. Klar, dass ich sofort zu ihr eilte.

»Was, was ist denn, Mila?«, fragte ich, »freust du dich gar nicht? Ist das nicht eine coole Idee von Markus, die ganze Klasse auf den Reiterhof einzuladen?«

»Ja, sehr cool«, sagte sie seltsam emotionslos. »Ich komme allerdings nicht mit.«

»Nicht? Aber warum denn nicht?«

Mila stand auf und lief ohne ein weiteres Wort aus der Klasse. Worauf Vanessa sofort die Chance ergriff, sich an Markus ranzuwerfen und ihn zuzutexten.

»Was hat sie denn?« fragte ich Hanna, als wir gemeinsam hinter Mila her zum Mädchenklo rannten, denn nur dort konnte sie sein. Sie hatte sich tatsächlich in einer Klokabine eingeschlossen.

»Komm raus, Mila«, sagte ich, »lass uns doch vernünftig über dein Problem reden, wir sind schließlich keine dummen Hühner.« Sie öffnete die Tür und steckte den Kopf heraus. »Ist auch keiner sonst da?«

»Nein, die Luft ist rein, komm raus«, ermunterte auch Hanna sie. »Ist es wegen deinem Streit mit Markus? Willst du deswegen nicht mitkommen?«

Mila nickte. »Ja und … ihr wisst doch, was damals passiert ist …«

»Du meinst, als wir mit Pit Winter da waren?«

Sie nickte wortlos.

»Aber Mila, das ist lange her, deswegen musst du doch keine Bedenken haben, daran erinnert sich kein Mensch mehr.«

»Markus schon und Vanessa garantiert auch und Kiwi und … es war so peinlich!«

»Aber du hast Markus bei dem Reitunfall das Leben gerettet, was ist daran peinlich? Das war ganz großartig von dir, du warst mutig und klug in dieser Situation, du kannst stolz auf dich sein!«, rückte Hanna sogleich die Dinge gerade. Und ehrlich, ich verstand Mila auch nicht. Sie hatte doch vollkommen korrekt gehandelt. Bestimmt war es wegen ihres Streits mit Markus, aber gerade den sollte sie ja am Samstag auch begraben.

»Gib Markus eine Chance«, sagte ich aus diesem

Gedanken heraus. Warum hast du ihm das Leben gerettet, wenn du ihn jetzt wegen einer Lappalie verlässt. Das passt doch nicht, Mila, das hat sich das Schicksal bestimmt anders gedacht.«

»Du und das Schicksal«, sagte Mila nun mit einem etwas aufgesetzt klingenden Lachen, »hast du vielleicht schon für Samstag die Wahrsagekarten gelegt?«

Ich schüttelte den Kopf und musste auch lachen: »Nee, habe ich nicht, aber es ist eine gute Idee, werde ich gleich nach der Schule machen. Ruf mich an, wenn du das Ergebnis wissen willst.«

Und weil es klingelte, mussten wir uns schleunigst zur Englischstunde auf den Weg in die Klasse machen.

Als ich am Nachmittag beim Fotoshooting die Exkursion zum Reiterhof erwähnte, hatten John und Raimund plötzlich ein begehrliches Glitzern in den Augen.

»Könnten wir da vielleicht mitkommen?«, fragte John auch gleich und Raimund meinte: »Da gibt es doch sicherlich ein paar schöne Motive für unsere Foto-Lovestory.«

Doch, das glaubte ich auch, aber ein Reiterhof war doch gar nicht im Plot vorgesehen.

»Dann sehen wir ihn eben jetzt vor«, meinte auch Maxi. »Ich reite für mein Leben gerne und das wäre doch ein viel spannenderes Happy End als am Badesee.«

Puh, der Ansicht war ich eher nicht, denn Pferde waren nicht wirklich das, was ich mir unter einem Kuscheltier vorstellte. Irgendwie reichlich groß, und wenn die schnaubten, dann flog einem deren Schnodder voll ins Gesicht. Nee, wirklich, Happy End mit Pferd, das musste ich nicht haben. Mit Maxi alleine reichte vollkommen. Aber leider hatte ich mich verplappert und die Exkursion verraten und nun waren John und Raimund und auch Maxi von der Idee, dort den Schluss der Story zu fotografieren, geradezu besessen. Also blieb mir nichts anderes übrig, als gute Miene zum seltsamen Spiel zu machen. Na, Markus und sein Vater würden sich ja freuen, wenn ich mit dem gesamten Aufnahmeteam bei ihnen auflief.

Aber ich gab John die Nummer vom Hof und er rief sofort bei Markus' Vater an und bat ihn um die Erlaubnis, auf dem Hof und mit den Pferden ein paar Fotos für die Werbekampagne machen zu dürfen und bot ein anständiges Honorar an. Dafür hätte ich die auch auf unserem Klo fotografieren lassen. Natürlich ohne mich.

So war die Sache gebongt. Leider bedeutete das, dass wir schon sehr früh am Samstagmorgen zu dem Kuhkaff aufbrechen mussten, in dessen Nähe der Reiterhof idyllisch in der Heide lag.

»Wir holen euch zu Hause ab«, meinte John zu mir und Maxi. »Wäre schön, wenn wir eine Begehung machen könnten, bevor der Hof von Schülern wimmelt.«

Das fand ich auch und so biss ich in den sauren

Apfel des frühen Aufstehens an einem schulfreien Tag. Da schlief ich eigentlich furchtbar gerne aus und blieb bis mittags mit einem Buch im Bett liegen. Na ja, außergewöhnliche Umstände erforderten außergewöhnliche Maßnahmen. Hauptsache, ich musste nicht aufs Pferd!

Musste ich dann doch.

Zwar nur auf eine wirklich zahme Stute, die Maxi lässig am Zaumzeug hielt, aber das reichte schon. Mir zitterten die Knie, als ich im Morgennebel auf dem dampfenden Pferdeleib hockte und auch noch stylisch posen sollte.

Das wurde und wurde nichts, weil mir immer wieder vor Kälte und Schiss genau in dem Moment die Zähne klappernd aufeinanderschlugen, wenn Raimund den Kameraauslöser betätigte. Schien irgendein geheimer Mechanismus zu sein: Kamera klick, Zähne klapper!

Schließlich stellte John die Szene so, dass ich mich vom Pferd zu Maxi herunterbeugte und ihm einen Kuss gab. Da biss ich ihm zwar fast beim Klappern in die Lippe, aber auf dem Foto sah man es nicht. Heureka! Geschafft!

Ich konnte vom Gaul steigen und erst mal einen warmen Kaffee trinken, den Markus netterweise in einer großen Thermoskanne zum Stall gebracht hatte. Der Junge war echt häuslich, so was musste man doch festhalten. Wirklich, manchmal verstand ich Mila überhaupt nicht.

Wir machten noch ein paar lustige Fotos im Stall, unter anderem von einer Heuschlacht zwischen mir und Maxi, und waren tatsächlich mit den Aufnahmen fertig, als der Bus mit meiner Klasse eintraf. Markus' Vater war zum Empfang auf den Hof gekommen, und als Frau Frühauf als Erste aus dem Bus stieg, reichte er ihr galant die helfende Hand. Man hätte Tomaten auf den Augen haben müssen, um nicht zu merken, dass es zwischen den beiden sofort knisterte. Markus' Vater sah ja auch, genau wie sein Sohn, echt gut aus und Frau Frühauf war wie immer frisch, fröhlich, sexy, ein Abziehbild von Cameron Diaz, und die spielte ja nicht umsonst meist in romantischen Liebeskomödien die Hauptrolle. Da war ich aber mal gespannt, ob Frau Frühauf nicht im Leben von Markus' Vater auch bald ein Engagement bekam.

Leider konnte ich die beiden aber nicht weiter beobachten, weil Tobi, sofort als er Maxi neben mir sah, Stress machte. Er hatte natürlich nicht mitgekriegt, dass Maxi hier war, weil wir Fotoaufnahmen gemacht hatten, und obwohl ihm ja eigentlich hätte auffallen können, dass ich für eine Bioexkursion etwas sehr aufgebrezelt war, muffelte er mich sofort an. »Seit wann gehört der denn zu unserer Klasse? Ich dachte, der geht auf die Gerhart-Hauptmann-Schule?!«

Und weil es so patzig klang, sagte ich spitz: »Geht er, aber die haben ja heute keine Schule und darum habe ich ihn eingeladen. Maxi steht auf Pferde.« Und um Tobis Eifersucht noch ein bisschen anzustacheln, drehte ich mich zu Maxi um und flötete: »Nicht wahr, Maxi?« Aber ehe der noch was sagen konnte, ging Vanessa mit Carmen an uns vorbei, und weil sie die letzten Sätze gehört hatte, musste sie sich natürlich sofort mit ihrem Tussenorgan einmischen.

»Pferde sind die edelsten Geschöpfe auf der Erde«, und an Maxi gewandt fragte sie: »Kannst du reiten? Ich reite seit meinem fünften Lebensjahr, Springreiten, ich habe schon einige Pokale gewonnen …« Blablabla! Meine Güte, wie oft wollte sie dieses Sprüchlein denn noch herunterbeten?

Aber Maxi schien ihr Gelaber auch noch gut zu finden. Nee, ohne mich. Pferde waren eh nicht mein Ding, aber Pferde und Vanessa waren unerträglich. Ich machte mich also erst mal auf die Suche nach Mila und Hanna.

Hanna hatte sich gleich mit Brian und Markus an das Aufbauen des Grills gemacht und Kiwi und Knolle schleppten noch einen zweiten Dreibeingrill auf den Hof, unter dem sie Holz aufstapelten.

»Eh, sauber«, sagte Knolle, »dann können wir gleich nach dem Decken anfackeln.«

Von mir aus hätten sie auch gleich das Feuerchen anzünden können, denn ich war wirklich nicht scharf darauf zuzugucken, wie der Hengst die Stuten besprang. War dann eh etwas enttäuschend, weil es nicht locker flockig auf der Weide geschah, sondern in einem engen, miefigen Stallraum. Konnte mir nicht denken, dass einer von den beiden, Stute oder Hengst, Spaß dabei gehabt hatte. Das schrille Gewieher und heftige Schnaufen hörte sich jedenfalls nicht danach an.

»Keine Ahnung«, meinte Markus, als ich ihn darauf ansprach. »Das wird eben so gemacht, wenn man Pferde züchtet. Der Hengst hat drei Anläufe, und wenn's geklappt hat, wird er ins Zuchtbuch des Gestütes eingetragen. Dieser Hengst ist sehr berühmt, wenn unsere Stute ein Fohlen von ihm kriegt und es ist auch ein Hengst, dann könnten wir mit dem weiterzüchten und unsere Zuchtlinie verbessern. Das macht unsere Pferde dann wertvoller und wir kriegen bei einem Verkauf einen besseren Preis. Möglicherweise kann unser Hengstfohlen dann später auch mal ein Deckhengst werden.«

Er erklärte mir, dass man für das Decken der Stuten durch den Deckhengst eine nicht unbeträchtliche Summe zahlen musste. »So ein Reiterhof ist eine teure Sache«, meinte er, »da ist man über jede Einnahme froh.«

»Aber habt ihr nicht die Reitschule? Wirft die nicht auch ordentlich was ab?«

Markus zuckte die Achseln. »Ja, schon, aber alleine davon könnte mein Vater das hier nicht alles unterhalten.«

Hm, das waren für mich ganz neue Informationen. Ich hatte immer geglaubt, dass Markus knallreich wäre. Na ja, am Hungertuch schien er auch nicht grade zu nagen, denn auf einem überdachten Platz vor den Ställen war ein leckeres rustikales Buffet aufgebaut. Durch unsere mitgebrachten Salate und Steaks wurde es sogar richtig üppig, was Kiwis Augen geradezu zum Glänzen brachte.

Nachdem wir die Deckaktion einigermaßen verkraftet hatten – Knolle und Tobi schien sie sogar richtig auf den Magen geschlagen zu sein –, wurden die Grillfeuer entzündet. Bald stieg der leckere Duft von Würstchen und Würzsteaks in meine Nase und ich deckte mich schon mal mit Teller und Besteck ein. Endlich tauchte auch Mila auf. Keine Ahnung, wo die sich die ganze Zeit rumgetrieben hatte. Als ich sie fragte, meinte sie nur lapidar: »Ich war nicht weg, hast mich wohl übersehen.« Aber das konnte sie mir nicht weismachen, die hatte sich garantiert irgendwo versteckt und alten Erinnerungen nachgehangen. Jedenfalls sah sie aus, als hätte sie tüchtig Trübsal geblasen. Das hätte sie mal besser nicht getan, denn damit hatte sie Vanessa freie Bahn gegeben. Sie schleimte sich natürlich sofort an Markus ran und bettelte ihm einen Ausritt ab. »Ach bitte Markus, nach dem Grillen, das wäre sooooooooo toll. Ich könnte wieder mit Lissy reiten, die hatte ich doch in den Osterferien auch, die kennt mich bestimmt noch.« Klar, dass Mila so etwas zuwider war.

Aber Markus stimmte zu. So ritt nach dem Grillen eine kleine Gruppe unter der Führung von Markus davon. Vanessa war dabei, Carmen und auch Maxi. Der hatte zwar versucht, mich zum Mitreiten zu überreden, aber da ich wirklich vom Reiten null Ahnung hatte und auch vor Pferden jede Menge Respekt, um nicht zu sagen Schiss, blieb ich lieber auf dem Hof und half beim Aufräumen.

Dabei passierte es dann.

Knolle und Kiwi hatten sich einen Jux daraus gemacht, die beiden Jagdhunde, die neugierig auf dem Hof herumwuselten, mit den Würstchenresten zu füttern. Als keine Würstchen mehr da waren, ließen die sich jedoch nicht mehr abschütteln. Kiwi bekam leichte Panik und rannte wie ein von den Hunden gehetztes Karnickel auf dem Hof herum. Und da wir alle den Eindruck hatten, dass die Hunde Kiwi vielleicht auch für ein Karnickel hielten, sahen wir ihn schon als Beute in ihren Fängen hängen.

Ich überlegte noch, wie wir ihn retten könnten, als er an das Gestänge des Grills stieß und diesen gefährlich ins Wanken brachte. Ich sah das Ding mitsamt dem schweren gusseisernen Rost genau auf mich zuschwingen und konnte nur noch ein Stoßgebet zum Himmel schicken, weil ich dachte, meine letzte Minute sei angebrochen. Aber direkt nach dem »Lieber Gott…« knallte von der Seite ein Körper gegen mich und riss mich zu Boden. Ich fühlte noch den Luftzug, den der Grillrost verursachte, als er haarscharf an mir vorbeizischte und auf den Steinboden donnerte, krachend gefolgt von dem Dreibeingestänge.

Ich riss die Arme über meinen Kopf und presste mich auf das Pflaster. Ein Aufschrei schwappte wie eine Welle über den Hof. Dann war es einen Augenblick totenstill.

Ich konnte mich nicht bewegen, denn eine schwere Last lag auf mir. Der Grill? Nein! Es war nur Tobi. Er hatte offenbar den Grill auf mich zusausen sehen und hatte mich mit einem Hechtsprung todesmutig aus der Gefahrenzone gestoßen. Nun rappelte er sich verlegen wieder auf und begann sich mit kargen Worten dafür zu entschuldigen, dass er mich so unsanft auf die Steine geschubst hatte.

»Hast du dir wehgetan?«, fragte er besorgt und sah dabei richtig süß aus. Ich schüttelte den Kopf. »Ne, nein, nur ein paar Hautabschürfungen … äh, ja … «, sagte ich mit fast versagender Stimme. Denn als ich sah, wie dicht neben uns der umgefallene Grill lag, wurde mir doch ein wenig schlecht. Zugleich fragte ich mich, ob es wohl mein Schicksal war, dass es immer Tobi war, der mich aus lebensbedrohlichen Situationen rettete. Wieso war der eigentlich hier und schwänzelte nicht um Frau Frühauf herum? Wo steckte die eigentlich? Ich sah mich um. Sollte mein Plan schon aufgegangen sein? Dann hatte sie sich ja vielleicht längst mit dem Vater von Markus heimlich verdrückt und brauchte niemanden wie Tobi, der ihr die Würstchen hinterhertrug. Trotz dieses Gedankens war ich ihm natürlich für seine ritterliche Tat total dankbar. Als er mir nun seine Hand reichte und mich vom Boden hochzog, musste ich ihn ganz einfach mal in die Arme nehmen und ihm ein Küsschen geben. Was für ein Ritter! Aber als ich ihn dann wieder losließ und von oben bis unten betrachtete, da sah er dann doch eher aus wie der Ritter von der traurigen Gestalt. Pubertierender Jungmann eben ... aber schon irgendwie lieb.

Ich bat Mila, die immer noch wie bestellt und nicht abgeholt in der Gegend herumstand, mir mal die Toilette zu zeigen. Schließlich würde sie sich ja wohl auf dem Hof ihres Freundes auskennen. Tat sie auch und so brachte sie mich zu einem versteckten Waschraum hinter den Ställen. Da hatten wir dann, nachdem ich meine Schürfwunden gesäubert hatte, endlich Zeit, mal ein wenig zu quatschen.

Und das war auch gut so, denn Mila war total unglücklich.

»Wieso bist du denn eigentlich nicht mit ausgeritten?«, fragte ich sie.

»Markus hat mich ja nicht eingeladen.«

»Hat er nicht allgemein gesagt, wer mitreiten wolle, solle sich melden?«

Mila sah mich an, als hätte ich einen Hirnschaden. »Du willst doch wohl nicht sagen, ich hätte mich daraufhin genau wie Vanessa oder Carmen melden sollen?«

»Nicht?«

»Nein! Nicht! Weil es doch wohl klar ist, dass ich mit meinem Freund mitreite.«

»Äh, ja, klar, und warum bist du dann noch hier?«

»Weil er mein Pferd Vanessa gegeben hat!«

Ach du liebes Lieschen! War es nicht egal, auf welchem Gaul man ritt? Offenbar nicht, denn Mila lamentierte mir vor, dass Markus Vanessa jeden Wunsch erfüllt hätte.

»Was ich möchte, ist ihm total egal. Ich kann doch gar nicht gut reiten und bin auf die sanfte Stute angewiesen. Wenn Vanessa so eine tolle Reiterin ist, dann hätte sie ja auch auf einem anderen Pferd reiten können. Aber er gibt ihr einfach Lissy! Wenn er mich lieben würde, dann hätte er das von sich aus anders arrangiert, stattdessen lässt er mich einfach hier. Weißt du, was er gesagt hat? Die Stute hätte er schon Vanessa versprochen, wenn ich keins von den anderen Pferden wollte, dann müsste ich eben hierbleiben. Und Maxi hat direkt daneben gestanden. Das war so peinlich.«

Hm, wenn mir das jemand gesagt hätte, wäre ich erst recht mitgeritten und sei es auf dem Esel von Sancho Pansa. Ich verstand Mila wirklich nicht mehr. Sonst war sie doch immer so tatkräftig und mit dem Mund vorneweg. Was machte sie in letzter Zeit so unsicher?

»Ich weiß auch nicht«, antwortete sie auf meine diesbezügliche Frage. »Ich glaube, meine Hormone sind total durcheinander. Zu Hause brause ich auch immer gleich auf und bei meiner Mutter ist es genauso. Wir zicken uns nur noch an. Meinst du, es liegt daran, dass wir beide Stress mit Männern haben?«

Nun tat sie mir richtig leid. Stress mit Männern konnte eine Frau schon ganz schön aus der Bahn werfen. Das wusste ich ja selber. Als Flori mich damals an meinem Geburtstag verlassen hatte, da war ich ja so was von durch den Wind.

Auch Tobis merkwürdiges Verhalten hatte mir schwer zu schaffen gemacht. Aber jetzt war ich ja neu verliebt und mit Maxi glücklich. Also sagte ich: »Ihr braucht halt eine neue Liebe, deine Mutter und du. Was ist denn mit deinem Vater, diesem Robin van Dalen? Kommt der nicht mal wieder her?«

Mila zuckte die Achseln. »Vielleicht. Er hat mir geschrieben und gefragt, ob Brians Band denn was Neues einstudiert hätte. Sie seien damals schon recht gut gewesen, und wenn die Entwicklung so weitergegangen wäre, dann könnte man vielleicht bald mal an die Produktion einer richtigen CD für den Markt gehen. Er meint, junge Bands sind im Moment in. Da hätten unsere Jungs auch Chancen.«

»Und seine Chancen?«

»Wie, *seine* Chancen?«

»Na ja, bei deiner Mutter?«

Mila seufzte. »Ich weiß nicht. Sie hat irgendwie einen Rochus auf ihn. Noch von früher, dabei hat sie ihm ja nicht mal gesagt, dass sie mit mir schwanger war. Der hat es erst viel später erfahren und da waren sie schon auseinander. Ich glaube, das hat er ihr auch nie verziehen.«

»Klingt blöd«, sagte ich, »aber nicht so, als ob man das nicht kitten könnte. Wäre das nicht cool, wenn die wieder zusammenkämen?«

»Klar wäre es das. Wenigstens du verstehst es. Warum kann Markus das nicht auch verstehen? Ist es denn nicht logisch, dass ich zuallererst mal möchte, dass meine Mutter und mein richtiger Vater wieder zusammenkommen? Wenn es gar keine Chance mehr gibt, dann ist der Vater von Markus natürlich gleich die nächste Wahl.«

Aha, so hatte sie sich das gedacht.

»Hast du keine Angst, dass er dann vielleicht nicht mehr frei ist?«

»Du meinst, weil die Frühauf ihn abschleppt?«

Jetzt musste ich aber doch lachen und sagte etwas albern kichernd: »Vielleicht. Wer weiß, wo die beiden jetzt stecken.« Und ziemlich schräg sang ich »Da lagen die beiden im Heu, juchhei, da lagen die beiden im Heu!«

Du spinnst«, sagte Mila voll aggro, zeigte mir einen Vogel und stürzte zurück auf den Hof. Da ritt grade Markus mit seiner Gruppe ein, und wie es aussah, hatte der Ritt allen eine Menge Spaß gebracht. Sie sahen erhitzt, aber rundum zufrieden aus und Vanessa schwärmte in höchsten Tönen von dem schönen Naturerlebnis. Na, wer weiß, wo bei der die Natur anfing und wo sie aufhörte! Erstaunlich, dass sie immer gleich zu wittern schien, wenn Mila Zoff mit Markus hatte, denn sie klebte schon den ganzen Morgen wieder ganz schön an Markus dran. Und als Mila dann nicht mitritt, weil Markus ihr Lissy gegeben hatte, da hatte sie Mila einen sehr arroganten Blick zugeworfen, so als wollte sie sagen: »Ich kriege ihn schon noch, zick du ruhig weiter rum!« Die schien wirklich nie aufzugeben. Ich konnte also verstehen, dass Mila Markus und Vanessa höchst argwöhnisch beobachtete, aber im Moment konnte ich ihr da auch nicht helfen, sondern musste mich um Maxi kümmern. Ich brachte ihm etwas zu trinken, und als er abgesattelt und sein Pferd auf die Weide geführt hatte, setzte er sich zu mir auf eine Bank und schwärmte von dem herrlichen Ritt.

»Wirklich, das wird mir immer in Erinnerung bleiben und es ist schön, dass wir unser Fotoshooting hier abschließen konnten. Du hast echt nette Leute in deiner Klasse. Und was die Fotos angeht: Ich wette, die Bilder sind die besten der ganzen Serie.«

Das waren sie wohl tatsächlich, denn als in der nächsten Woche die Kampagne mit der Enthüllung der großen Plakattafel vor dem *TeenFashion*-Shop feierlich eröffnet wurde, da prangte dort wirklich ein Bild von Maxi und mir mit Pferd. Raimund hatte mit dem aus den Feldern aufsteigenden Nebel und den ersten Strahlen der Morgensonne eine wunderbar romantische Stimmung eingefangen, die sich zudem in unseren Gesichtern widerspiegelte. Noch nie hatte ich ein so schönes Bild von mir gesehen. Aber das Allerschönste war, dass Maxi mich auf dem Foto so zärtlich in seinen Armen hielt und mit einem Blick anschaute, der nur eins sagte: Ich liebe dich.

Spät am Abend rief mich Mila an. Sie war völlig von der Rolle und suchte Trost bei mir, den ich aber nicht wirklich geben konnte.

»Meinst du, Markus ist so sauer auf mich, dass er mit Vanessa was angefangen hat?«, fragte sie. »Die sah nach dem Ausritt so aufgekratzt aus, und so wie sie die letzten Tage hinter ihm her war …«

Ich konnte es mir zwar eigentlich nicht vorstellen, aber Mila war wirklich manchmal etwas schwierig, und wenn ein Junge ohnehin schon Probleme hatte, dann stand er sicher nicht grade auf Gezicke. Vanessa war da garantiert pflegeleichter, denn sie plapperte den Jungs ständig nach dem Mund. Andererseits war sie eine richtige Tussi, die zu einem Jungen wie Markus überhaupt nicht passte. Das musste er doch auch spüren. Vielleicht flirtete er mit ihr, ja, aber dann nur, um Mila eifersüchtig zu machen. Als ich Mila das sagte, war sie aber keineswegs beruhigt.

»Wenn er das tut, verlasse ich ihn!«, schnaubte sie wütend ins Telefon.

»Ich lasse solche Spielchen nicht mit mir machen. Entweder er liebt mich und kann auch mal einen kleinen Streit aushalten oder er ist wirklich ein Machoarsch und dann kann er mich mal!«

Sie schluchzte und ich sagte: »Aber Mila, das wäre so schade, ihr seid doch so ein tolles Paar!«

Und als sie ungetröstet auflegte, betete ich, dass Markus klug genug sein würde, sich nicht von Vanessas Geturtele einlullen zu lassen.

Aber man hat ja schon Pferde kotzen sehen!

Kapitel 8
Vanessa zickt rum

Ich war froh, dass das Fotoshooting für die *TeenFashion* Kampagne vorbei war, denn es war doch ziemlich anstrengend und vor allem zeitaufwendig gewesen. Dauernd könnte ich so etwas nicht machen, ohne Probleme zu kriegen. Himmel, da blieb ja für nichts Privates mehr Zeit.

Also fand ich es ganz gut, dass es jetzt vorbei war. Das einzig Traurige war, dass ich Maxi nun nicht mehr jeden Tag sah. Das heißt, ich sah ihn schon, das ließ sich gar nicht vermeiden. Er und ich glotzten nämlich von fast allen Plakatwänden der Stadt, den Litfaßsäulen und sogar von Bussen und einer Straßenbahn. Die von *TeenFashion* hatten wirklich nicht gekleckert. So hatte ich mir das nicht vorgestellt. Das war ja direkt unheimlich, wenn man sich so von sich selbst auf Schritt und Tritt beobachtet fühlte. Sogar gegenüber der Schule stand eine Plakatwand. Da hatten sie sinnigerweise die Szene aus dem Matheunterricht hingeklebt: Ich hilflos an der Tafel und Rumpelstilzchen verliebt in sein Geodreieck. So was von peinlich. Na, wenigstens sah mein Outfit gut aus und darauf kam es ja in erster Linie bei der Kampagne an.

Dennoch, jeden Tag in der großen Pause zu erleben, wie sich die Jungs am Tor ballten und über das Plakat laberten, bis ihnen der Sabber aus den Mundwinkeln tropfte, war alles andere als erbaulich.

Grausam, diese Hormonsklaven, dachte ich, als ich in die Klasse hinaufging. Ich war heute recht früh dran, weil Felix zum Markt wollte, um frische Pilze zu kaufen. Da hatte sie mich gleich mitgenommen und eben vor der Schule abgesetzt.

Als ich die Klasse betrat, war sie fast leer, nur Markus, Kiwi, Knolle und Tobi waren da. Mein Fuß stockte auf der Türschwelle, denn ich hatte sie sofort gesehen. Nein, nicht die Jungs, die auch, aber was mich stocken ließ, war etwas anderes: eine Rose. Eine dunkelrote Rose auf meinem Schultisch.

Die konnte doch nur von Tobi sein. Glaubte der vielleicht, dass nun alles vergeben und vergessen wäre, weil er mich vor dem umstürzenden Grill gerettet hatte? Glaubte er wirklich, er könnte die Uhr zurückdrehen und wieder da anfangen, als er seine Liebe zu mir noch mit heimlichen Rosengeschenken ausdrückte?

Ich weiß auch nicht, warum ich so boshaft reagierte, vielleicht, weil ich so sehr in Maxi verliebt war und Tobis Liebe dabei nur störte ... Jedenfalls nahm ich die Rose auf, roch daran und fragte: »Äh, Kiwi, ist die von dir?«

Ich sah aus den Augenwinkeln, wie Tobi total rote Ohren kriegte, und auch Kiwi wirkte verlegen, als er sagte: »Nee, kannst sie aber trotzdem behalten.«

Na danke! Ich drehte die Rose unschlüssig in den Händen, dann legte ich sie kurz entschlossen auf den Lehrertisch. Als Frau Frühauf sie dort zu Beginn der ersten Stunde fand und verwundert ansah, rief doch Markus tatsächlich in die Klasse. »Die ist für Sie, Frau Frühauf, mit einem schönen Gruß von meinem Vater!«

Ich hätte nie gedacht, dass eine Lehrerin genauso rot anlaufen könnte wie ich, wenn ihr etwas peinlich war. Das war ja mal eine ganz neue Erfahrung, die sie mir direkt wieder sympathisch machte.

In der kleinen Pause erzählte Mila Hanna und mir, dass ihr Vater, Robin van Dalen, ihr eine Mail geschrieben hätte, in der er seinen Besuch ankündigte. Er wollte tatsächlich Brian und seine Band im B248 anhören, um zu sehen, ob die Jungs die von ihm erwartete Entwicklung gemacht hätten. »Wenn die gut sind, dann will er mit denen eine richtige CD für den Markt herausbringen, genauso wie wir uns das überlegt haben. Und Hanna kommt mit meinen Songs ganz groß raus.«

Sie war begeistert und klang seit Tagen endlich mal wieder richtig glücklich. Und ich war auch sehr froh, denn dann musste es mir nicht mehr so peinlich sein, wenn mich auf der Straße ständig Leute ansprachen und fragten, ob sie ein Autogramm von mir kriegen könnten. Manchmal sogar auf den nackten Oberarm. Wenn Hanna und Mila mit Brians Band berühmt wurden, dann würde es ihnen ja bald genauso gehen und ich musste mich deswegen nicht mehr schämen. War mir echt unangenehm, so im Mittelpunkt zu stehen. Na egal, jetzt freuten wir uns erst mal ganz mächtig mit Mila.

»Wann kommt er denn?«

»Noch diese Woche, am Donnerstag.«

»Oh, so bald schon«, meinte Hanna mit einem leichten Anflug von Panik in der Stimme. »Dann müssen wir das Brian aber sofort sagen. Ich befürchte, jetzt ist für die nächsten Nachmittage kräftig üben angesagt.«

Das sah Brian auch so, aber genau wie Hanna nahm er es sportlich. »Toll, den Stier packen wir bei den Hörnern!«

Leider hielt Milas Freude nicht lange, denn als wir in der großen Pause auf dem Schulhof standen, kam Vanessa mit Carmen vorbeigeschlendert und las auffällig laut aus einem Brief vor.

»... du bist ein echt tolles Mädchen und reitest wie der Teufel. Und wie deine Haare bei unserem Ausritt wie eine leuchtende Fahne im Wind wehten, da hätte ich immerzu für den Rest meines Lebens hinter dir herreiten können. Von mir aus auch bis ans Ende der Welt ...« Sie wandte sich Carmen zu und grinste. »Hast du gehört, Carmen, bis ans Ende der Welt. Ist dieser Junge nicht unglaublich!«

Sie hatte den Satz noch nicht ganz beendet, als Mila sich auf sie stürzte und ihr den Brief aus den Fingern riss. Was ging denn mit der?

Sie warf einen kurzen Blick darauf, dann ließ sie ihn wie eine heiße Kartoffel fallen und rannte quer über den Schulhof zum Tor und runter vom Schulhof. Oh je, das würde einen Verweis geben, denn es war strengstens verboten, während der Unterrichtszeit das Schulgelände zu verlassen. Was war denn nur los mit ihr? Und weil ich vermutete, dass es etwas mit dem Brief zu tun haben musste, hob ich ihn schnell auf. Er war mit dem Computer geschrieben, und als ich hastig auf die Unterschrift schaute, um den Urheber ausfindig zu machen, stand da nur ein großes M. Wie Markus? Aber das konnte doch nicht sein, dass Markus ausgerechnet der Zicke Vanessa so einen romantischen Brief schrieb?! Sollten die sich wirklich bei dem Ausritt so nahegekommen sein? Mila schien das jedenfalls anzunehmen, denn sonst wäre sie wohl kaum derart panisch davongestürzt. So ein Mist!

Als Vanessa mir mit einem wütenden Kreischen den Brief aus der Hand riss, zog ich Hanna von den beiden Zicken weg und erzählte ihr, was ich entdeckt hatte.

Sie war total bestürzt. »Die arme Mila, das hätte ich von Markus nicht gedacht. Ich habe ihn zwar immer für einen Macho gehalten, aber nicht für einen solchen Arsch. Sich in Vanessa zu verlieben! Das ist doch wohl der Gipfel der Geschmacklosigkeit!«

»Was machen wir denn jetzt?«, fragte ich völlig verstört, weil ich in allergrößter Sorge um Mila war. Das Mädchen war manchmal so kompromisslos und spontan, da wusste man nie, was sie anstellte. »Wir, wir müssen doch etwas unternehmen, nicht dass Mila sich was antut … sie, sie liebt Markus doch noch … Und … Jetzt ist sie bestimmt total enttäuscht von ihm … und …«

»Jammer mir nicht die Ohren voll, Kati«, sagte Hanna und zog mich rüber zu Brian.

»Brian, komm, wir müssen Mila suchen.«

Sie schleppte ihn mit zum Schultor. »Aber wir dürfen doch nicht weg«, meinte er zögernd. »Ich hab schon einen Tadel und kann keinen weiteren gebrauchen.«

»Dann gehen wir eben alleine. Wenn jemand fragt, wo wir sind, musst du uns aber schützen. Sag, wir sind im Saniraum oder so … dir wird schon was einfallen!«

Dann griff Hanna nach meiner Hand. »Los, Kati, Brian macht das schon. Wo glaubst du könnte Mila sein?«

Ich hatte ehrlich gesagt keinen blassen Schimmer. Wo würde ich denn hinrennen, wenn ich mit Gott und der Welt so fertig wäre, wie sie es vermutlich war?

»Vielleicht auf dem alten Friedhof?«, kam mir eine Eingebung. »So von wegen Liebe begraben …«

»Gute Idee«, meinte Hanna und so rannten wir zwei Straßen weiter zum Eingang des Friedhofs. Das kleine schmiedeeiserne Tor stand offen, so als hätte jemand, der sehr in Eile war, es aufgestoßen und dann vergessen, es hinter sich zuzumachen.

Die alten Leute, die hier die Gräber pflegten, waren garantiert nicht so nachlässig. Das machte uns Hoffnung, dass es vielleicht wirklich Mila gewesen sein könnte, die vor Kurzem hier durchgegangen war. Aber wo konnte sie nur stecken? Wir trennten uns für die Suche und ich wählte den Weg links von der kleinen Kapelle, der in den alten Teil des ehemaligen Domfriedhofs führte. Nichts, nirgends eine Spur von Mila. Ich war schon völlig verzweifelt und gerade dabei, die Hoffnung aufzugeben, als ich sie doch noch entdeckte. Sie hockte wie ein Häufchen Elend auf den Stufen des Kriegerdenkmals, das an die Gefallenen des Ersten Weltkriegs erinnerte.

Als sie mich aus leer geweinten Augen ansah, da gab es mir einen Stich direkt ins Herz.

»Ach, du Arme!«, sagte ich mitfühlend, setzte mich neben sie und nahm sie wortlos in den Arm. Sie ließ ihren Kopf gegen meine Schulter sinken und ich spürte, wie sie am ganzen Körper zitterte, als sie ein trockenes Schluchzen schüttelte. Mein Gott, konnte enttäuschte Liebe wirklich so wehtun? Was für ein Glück, dass ich Maxi kennengelernt hatte, bevor mein Kummer über Tobis Verhalten so ins Unendliche wachsen konnte.

»Wie kann er das tun? Vanessa so einen Brief schreiben, wo wir doch nur eine kleine Meinungsverschiedenheit hatten? Wir sind doch nicht mal offiziell getrennt!« Sie sah mich mit flehendem Blick an.

»Sind wir doch nicht, oder? Sag, dass Markus mich noch liebt! Dass er *mich* liebt, nicht diese hohle Zicke!«

Ich nickte, auch wenn ich mir keineswegs sicher war. »Klar, Mila, er liebt nur dich. Vanessa kann ein Junge gar nicht wirklich lieben. Es sei denn, er ist nicht bei Verstand oder heißt Kiwi.«

Aber mein Humor kam bei Mila nicht an. »Er hat sie immer verachtet. Man schreibt doch niemandem, den man verachtet, so einen Brief!«

Ich nickte wieder und sagte diesmal in therapeutischem Tonfall: »Nein, das macht man nicht. Markus würde das nie tun.«

»Aber er hat es getan!« kreischte Mila hysterisch auf.

Tja, hatte er wohl, es sei denn …

»Vielleicht ist er gefälscht …«

»WAS?!!!«

»Vielleicht hat Vanessa ihn selbst geschrieben. Um dich zu ärgern. So auffällig, wie sie ihn vorgelesen hat. Wir haben nicht den geringsten Beweis, dass er wirklich von Markus ist. Vielleicht ist der Brief gefälscht!«

»Meinst du?«, fragte Mila und ich sah, wie ein Hoffnungsschimmer in ihre Augen trat.

»Vanessa traue ich jede Gemeinheit zu«, sagte ich bekräftigend. Und als nun auch Hanna bei uns auftauchte, stimmte sie mir ebenfalls zu. »Der Brief ist garantiert gefälscht.«

Aber wir irrten. Der Brief war keine Fälschung

und er sollte noch sehr viel Kummer bringen, und zwar nicht nur für Mila.

Brian hatte überzeugend für uns gelogen, und als wir Mila überreden konnten, mit uns zurück in die Schule zu kommen, da ließ Frau Kempinski unsere Entschuldigung ohne weitere Nachfrage gelten. Seit sie ihr Kind hatte, war sie wirklich total locker geworden. Echt sympathisch.

Als wir nach Hause gingen, versuchten wir Mila mit der Aussicht auf den Besuch ihres Vaters wieder etwas aufzuheitern, und da sie eine tapfere Natur hatte, biss sie die Zähne zusammen und verabredete sich trotz des schrecklichen Briefs mit Hanna für den Nachmittag im B248.

Da ich eine Freundin natürlich in einer solchen Liebeskrise nicht allein lassen konnte, versprach ich ebenfalls zu kommen. Hm, wenn Maxi mich heute daten wollte, dann wäre es natürlich blöd, wenn ich nicht könnte, aber eigentlich konnte er mich dann ja auch im Jugendzentrum treffen. Da gab es an der Bar zwar nur Milch ohne 43, aber das war eigentlich auch besser so.

Als ich nach den Aufgaben dort auflief, hatte Maxi sich aber noch nicht gemeldet. Ich schickte ihm eine SMS, in der ich fragte, ob wir uns noch treffen wollten. Es dauerte eine halbe Ewigkeit, bis er zurückschrieb.

Hab morgen Mathetest, wird eng heute. Hab viel nachzuholen. Melde mich. ☺

Na, viel Mühe hatte er sich mit der Antwort ja nicht grade gegeben. Aber immerhin hatte er für die fehlende Unterschrift ein Smiley geschickt.

Na hoffentlich meldete er sich bald wieder, bevor ich vor Sehnsucht nach ihm starb! Schrecklich, wie sehr mir jetzt schon seine frechen Flirts fehlten! Und seine Küsse ... und ... ach, der ganze Maxi!

Aber nach dieser SMS meldete er sich erst mal gar nicht mehr. So ging ich in den Probenraum, wo Mila Brian und Hanna einen neuen Text zeigte.

»Aber Mila, das können wir so schnell nicht mehr arrangieren. Wenn van Dalen am Donnerstag kommt, müssen wir ranklotzen, um unser bisheriges Programm noch etwas aufzupimpen. Für einen völlig neuen Song ist da keine Zeit mehr. Heb ihn dir fürs Schulfest auf. Bis dahin haben wir mehr Zeit.«

Mila willigte ein, und weil sie schon wieder frustriert wirkte, bat ich sie, mir den Text mal zum Lesen zu geben.

Warum tust du mir das an?
Was hab ich dir nur getan?
Hab mein Herz für dich betrogen
Hab mich selber so belogen
Hab mit tauben Ohren nur gehört,
Mit blinden Augen dich angeschaut
Bin so verstört
Hab's nicht verdaut
Es tut so weh
Denn ich höre und ich seh.
Geh!

Ich ließ das Blatt sinken. Mila war eine Dichterin, wirklich, sie konnte ihre Gefühle wie kein anderer Mensch, den ich kannte, in Worte fassen. Das war großartig, aber es war auch unheimlich. Denn wenn man las, was sie geschrieben hatte, war es, als wäre man sie und dann tat es einem selbst genauso weh wie ihr. Ich hätte Markus umbringen können und hoffte inständig, dass der Brief doch eine Fälschung war.

Es waren erst wenige Tage vergangen, seit die Werbekampagne für *TeenFashion* unter erheblichem Presserummel gestartet war, und ich wäre am liebsten geflüchtet. Nach dem ganzen Trubel wünschte ich mir nichts sehnlicher, als mit Maxi mal wieder alleine zu sein, am besten auf einer einsamen Insel irgendwo im Indischen Ozean, unter Palmen an einem weißen Strand. Ich hatte solche Sehnsucht nach seinen Küssen und Zärtlichkeiten! Selbst die Schmachtsprüche, die er mir immer wie ausgekaute Kaugummis ins Ohr klebte, fehlten mir. Obwohl ich ja verstehen konnte, dass er auch mal wieder etwas für die Schule tun musste, hätte ich mich am liebsten weiterhin jeden Tag mit ihm getroffen. Wenigstens kurz... das wäre doch auch für ihn schön und dann konnte er doch bestimmt hinterher viel besser lernen. Bei mir jedenfalls wäre das so.

Ich lag im Bett und griff seufzend nach meinem Handy. Mila hätte ihm jetzt bestimmt ein Gedicht geschickt und er wäre sofort bei ihr aufgelaufen.

Doch, das fände Maxi bestimmt gut, er war doch sooo romantisch. Ob ich es auch mal damit versuchte? Damals, als wir Pit Winter im Deutschunterricht hatten, da hatten wir alle mal Gedichte schreiben müssen und ich hatte es doch auch hingekriegt. Ich traute mir nur immer zu wenig zu. Hm, ich konnte ja mal klein anfangen. Ich rief die SMS auf, drückte auf *Verfassen* und begann zu tippen:

Lieber Maxi, ich lieb Dich so,
wenn Du bei mir bist, bin ich froh.
Schlaf gut! HDGDL Deine Kati

Na bitte, ging doch. Also, für den Anfang war es okay, fand ich. Noch ein kleines Smiley mit Liebesherzen in den Augen dazu und ab mit der Post. *Kommt 'ne E-Mail geflogen, von der Kati ein Gruß ...*

Ich kicherte. Ach, war das schön, frisch verliebt zu sein. Wie das kribbelte im ganzen Körper! Als ich das Licht ausknipste und mich in mein Kissen kuschelte, war ich rundum zufrieden. Und dann dachte ich einen ganz kleinen Moment an eine rote Rose, die auf meinem Schultisch gelegen hatte ... Ach, weg mit diesem Gedanken, der passte jetzt gar nicht zu dem Kribbeln in meinem Bauch. Das hatte so einen unterschwelligen, prickelnden Thrill. Ich ahnte nicht, dass bereits ein Thrill der weniger angenehmen Art auf mich lauerte und mein Leben wieder einmal völlig durcheinanderbringen würde.

Ich hatte Mila überreden können, trotz ihres Liebeskummers mit mir zur Tanz-AG zu gehen, weil ich dachte, das würde sie ein bisschen ablenken. Aber natürlich ätzte Vanessa gleich wieder rum. Es war ja so was von transparent, dass sie nur neidisch auf meine tollen Modelerfolge war, denn die Kampagne kam total gut an. Es tat aber trotzdem weh. Ohne Mila an meiner Seite wäre ich wohl sofort wieder abgehauen. So aber unterstützte sie mich solidarisch.

Als Carmen zum dritten Mal an mir herummeckerte und sagte: »Nun bleib endlich mal im Takt, Kati, oder geh nach Hause. Lange Beine alleine reichen nämlich beim Tanzen nicht«, riss ihr der Geduldsfaden und sie blaffte zurück: »'ne Spur Intelligenz wäre aber auch nicht verkehrt, Carmen, doch daran fehlt es bei dir ja noch mehr als bei Kati an Musikalität. Wer im Glashaus sitzt, sollte nicht mit Steinen schmeißen.«

Das sah Frau Berger wohl auch so, denn ehe Vanessa ihrer Busenfreundin zu Hilfe eilen konnte, sagte sie: »Wir tanzen! Die Einzige, die hier redet, bin ich. Konzentriert euch, statt zu schwatzen, sonst werden wir bis zum Schulfest wohl kaum fertig!«

Und Carmen befahl sie: »Geh bitte in die hintere Reihe zu Kati, Carmen, du hängst ständig im Takt nach! Orientiere dich an deiner Vorderfrau, sonst schaffst du es nie.«

Klar, dass ich für den Rest der Übungsstunde ein breites Grinsen im Gesicht hatte. Geschah diesem eingebildeten Suppenhuhn recht.

In der Umkleide sollte mir das Lachen allerdings vergehen, denn kaum war ich aus den Sportklamotten raus und in meine Jeans geschlüpft, kam Vanessa mit Carmen lachend aus dem Waschraum, zog ihr Handy aus ihrer Sporttasche und begann zu telefonieren.

Eigentlich interessierte mich das ja nicht, aber weil sie es so extrem auffällig tat, bekam ich doch einiges mit. Klang wie Liebesgesäusel. Himmel, es gab doch nicht tatsächlich einen Jungen, der mit dieser Zicke befreundet sein wollte? Der musste ja einen Hirnriss haben!

Ich schaute zu Mila rüber. Ach du Schreck, die sah ja aus wie der wandelnde Tod, total bleich und wie erstarrt. Vanessa telefonierte doch nicht etwa in ihrer Gegenwart mit Markus? Das wäre ja wohl oberperfide. Ich hörte genauer hin.

»... ja, ich denke auch immer noch daran«, säuselte sie grade mit ihrer gekünstelten Stimme ins Handy. »Der Ausritt war sooo toll ... ja wirklich ... der Beginn unserer Liebe ... sollten wir unbedingt bald mal wiederholen ... klar, wenn du mich einlädst ...«

Milas Gesicht überzog eine Leichenblässe, wie ein Zombi stand sie von der Bank auf, stopfte wahllos ihre Sachen in die Sporttasche und ging wie in Trance zur Tür.

»Warte auf mich!«, rief ich und raffte meinen Kram hektisch zusammen. So wie die aussah, konnte ich sie auf keinen Fall alleine loslaufen lassen.

Ich war fast an der Tür, als Vanessa das Telefonat mit ein paar Handyschmatzern beendete und überlaut zu Carmen sagte: »Maxi ist ja so was von süß!«
MAXI!?????
Ich dachte, mir würde der Boden unter den Füßen weggezogen. Hatte sie eben Maxi gesagt? Ich klammerte mich an die Türklinke, um nicht ohnmächtig umzufallen. Mir war plötzlich heiß und kalt zugleich und total schwindelig im Kopf. Kein Wunder, der konnte das Gehörte wohl auch nicht verarbeiten. Das konnte doch nicht wahr sein! Aber als ich nach draußen trat, hörte ich hinter mir Carmen ganz unmissverständlich sagen: »Ich finde Maxi auch cool. Ihr seid so ein tolles Paar. Du hättest dich neben ihm viel besser auf den Plakatwänden gemacht als Kati.«
»Mila!«, schrie ich auf. »Mila, warte auf mich!«
Wenig später hing ich ihr heulend am Hals.
»Ich bringe mich um«, schluchzte ich, »ich gehe ins Wasser, ich lasse mich von Markus' Pferden tottreten...«
Sie begriff nicht. Wie sollte sie auch. Sie war ja selber in ihrem Liebeskummer total erstarrt. Und plötzlich wurde mir bewusst, dass sie ja gar keinen Liebeskummer mehr haben musste, dass mein Unglück ihr Glück bedeutete. Wenn Vanessa was mit Maxi hatte, dann konnte sie ja nicht gleichzeitig was mit Markus haben. Selbst sie nicht. Und dann hieß das ja, dass der Brief neulich, der mit M. unterzeichnet gewesen war, nicht von Markus gewesen war, sondern von... nein... MAXI!!!!

Ich fasste es nicht! So lange ging das schon zwischen den beiden? Wirklich seit dem Reitausflug? Da hatte Maxi sofort mit Vanessa was angefangen? So ein Schuft! Hätte ich ihn nur nie auf den Reiterhof mitgenommen.

Verzweifelt heulte ich Mila weiter die Ohren voll. Die wusste gar nicht, wie ihr geschah, und weil selbst ihr dieses öffentliche Drama peinlich wurde, zog sie mich hinter die Turnhalle zu einer hinter Büschen versteckten Bank.

»Kati, was ist denn, nun sag doch was«, drängte sie mich, und als ich mir den Rotz unter der Nase wegputzte und sie mit Tränen in den Augen ansah, merkte ich erst, dass auch sie geheult hatte. Aber sie musste doch gar nicht heulen, sie hatte ja gar keinen Grund dazu und so stieß ich gequält hervor: »Es, es ist nicht Markus … es ist MAXI!«

Sie verstand nicht sofort. Wie sollte sie auch. Ich verstand es ja selber kaum. Also wiederholte ich die für mich so grausame Wahrheit: »Vanessa hat nichts mit Markus … das, das M unter dem Liebesbrief … das hieß nicht Markus … sondern … MAXI! Er betrügt mich mit ihr! Das ist so erniedrigend!« Und erneut brach ich heulend an ihrer Schulter zusammen.

Irgendwie schien Mila aber immer noch nichts zu raffen, denn sie fing nun auch wieder an zu weinen. Aber dann begriff ich, dass es bei ihr nun Freudentränen waren.

»Echt?«, fragte sie schluckend, »bist du sicher? Markus hat mich gar nicht mit Vanessa betrogen?«

Ich schüttelte den Kopf. Mila schlang ihre Arme fester um mich und küsste mich spontan ab.

»Oh, mein Gott«, stammelte sie dabei, »das ist das Schönste, was mir jemals ein Mensch gesagt hat. Du bist die allerallerbeste Freundin der Welt! Danke, danke, Kati, ich bin ja so glücklich – jetzt wird alles wieder gut!«

Ja, für sie ... ich hingegen ...

Mila stoppte abrupt ihren Freudenausbruch. »Aber was ist mit dir, Kati?«, fragte sie voller Mitgefühl. »Woher weißt du das alles und was ist das mit Maxi und Vanessa?«

Mir kamen erneut die Tränen und ich schluchzte haltlos vor mich hin.

»Sag doch was, Kati, wie kann ich dir helfen?«

»Gar nicht«, schniefte ich, »mir kann keiner helfen. Ich habe es grade eben beim Rausgehen aus der Turnhalle gehört. Vanessa hat nicht, wie du gedacht hast, mit Markus telefoniert, sondern mit Maxi. Sie und Maxi haben sich bei dem Ausritt auf dem Reiterhof verliebt. Vanessa hat mit Carmen darüber gesprochen ...«

»Und das glaubst du?«, fragte Mila skeptisch. Aber Skepsis war in diesem Falle nicht angebracht. Ich wischte mir die Tränen aus den Augen.

»Warum soll ich es nicht glauben? Es erklärt doch alles.«

»Was erklärt es?«

»Dass er seitdem nie mehr Zeit für mich hatte ... dass er nach der Feier zum Kampagnestart gleich abgehauen ist ... dass er jede Verabredung mit einer Ausrede abgeblockt hat ... dass er so unpersönliche SMS-Botschaften geschickt hat ... wenn er überhaupt geantwortet hat ...«

Ich hörte mich schmerzgepeinigt aufjaulen.

»Wahrscheinlich hat er mich nie geliebt, hat nur ein bisschen flirten und knutschen wollen, hat mich nur ausgenutzt – wie ich ihn hasse!!!«

Mila seufzte und legte den Arm fester um mich. »Es ist halt Maxi ...«, sagte sie.

Ja, ja, ja, sie hatte ja recht und sie hatte mich ja auch vor ihm gewarnt. Ich hätte ja nur auf sie hören brauchen und mir wäre das alles erspart geblieben. Ich müsste jetzt nicht mit gebrochenem Herzen neben ihr sitzen und kübelweise Tränen vergießen um einen Typen, der mich gar nicht verdient hatte!

»Ich glaube nicht, dass es Vanessa besser gehen wird mit ihm«, sagte Mila in meine Selbstanklage hinein. »So einer wie er sucht gar keine wirkliche Beziehung. Der spielt mit den Mädchen. Der braucht ihre Bewunderung, um sein Selbstwertgefühl zu steigern.«

Na toll, mein Selbstwertgefühl hatte er auf diese Weise aber total in die Tonne getreten.

»Nimm das bloß nicht persönlich, Kati«, versuchte Mila mich aber wieder aufzubauen. »Heute die, morgen die ... das ist bei ihm so. Der hält es bei keiner lange aus. Der ist total der Beziehungskrüppel ... also wenn man dem Glauben schenkt, was so über ihn erzählt wird.«

»Und warum hat mir das keiner gesagt?«, schniefte ich.

»Ähm, also, Kati, versucht haben Hanna und ich es schon, aber du warst ja irgendwie völlig von seinem Charme geblendet ... also ...«

Ich hörte gar nicht mehr hin. Jetzt war ja eh alles zu spät und es machte keinen Sinn, irgendwem außer mir selber die Schuld an diesem Desaster zu geben. Ich war ja so enttäuscht von der Menschheit, besonders natürlich von ihrem männlichen Teil.

»Warum habe ich nur immer so ein Pech mit den Jungs«, jammerte ich. Am besten ging ich ins Kloster!

»Hast du doch gar nicht«, meinte Mila jedoch tröstend. »Guck mal, Tobi hat dir doch erst kürzlich eine wunderschöne rote Rose auf deinen Schultisch gelegt.«

»Die ich an Frau Frühauf weitergeschenkt habe!«, schluchzte ich. »Das wird er mir nie verzeihen!«

»Klar wird er. Rote Rose heißt schließlich, dass er dich immer noch liebt.«

»Ach ja? Doch nur, weil Frau Frühauf jetzt mit dem Vater von Markus flirtet! Nee, Mila, du musst mir die Dinge nicht schönreden. Mich wollen die Jungs immer nur als Ersatz, wenn sie ihre eigentliche Traumfrau nicht kriegen können. Ich hasse mich!«

»Komm«, sagte Mila und zog mich von der Bank hoch. »Wir fahren jetzt erst mal zu mir.« Sie klang plötzlich wieder wie meine alte tatkräftige und unkaputtbare Mila. »Dann rufen wir Hanna an und halten Weiberrat. Es wäre doch gelacht, wenn wir dieses Liebeschaos nicht endlich in den Griff kriegen würden!«

Na, sie hatte gut lachen. Ihr Markus hatte sie ja nicht betrogen. Aber was half das Gejammer, ein Krisengespräch mit meinen Freundinnen war immer noch besser, als mir alleine in meinem Zimmer die Augen auszuweinen.

So folgte ich Mila, und weil wir beide ziemlich derangiert aussahen, verzichteten wir auf den Bus und gingen am Bachufer entlang bis zu dem kleinen, hinter hohen Büschen versteckten Siedlungshaus, in dem Mila mit ihrer Mutter wohnte.

Die war noch im Frisiersalon und so hatten wir das ganze Haus für uns.

»Wollen wir die Sauna anheizen?«, fragte Mila, und weil mir im Moment alles egal war, stimmte ich zu.

Als Hanna kam, war sie darüber richtig begeistert, denn es war ewig lange her, seit wir das letzte Mal hier zusammen einen Wellnesstag verbracht hatten. Schade eigentlich.

»Nur wegen der Jungs«, meinte Mila. »Wenn wir den Stress jetzt hinter uns haben, sollten wir uns wieder mehr Zeit für uns und unsere Freundschaft nehmen. Die treffen sich ja auch weiterhin mit ihren Kumpels zum Fußballspielen, in der Band oder zum Männerabend.«

Mila schleppte Handtücher und Obstsäfte in den Ruheraum und bald hockte ich mit meinen Freundinnen in der Sauna und schwitzte mir den Frust über die Jungs aus dem Leib. Als ich nach Eisdusche und Tauchbad gut abgetrocknet und in eine warme Decke gehüllt auf der Ruheliege lag, fielen mir vor Erschöpfung die Augen zu.

Als ich wieder aufwachte, stand ein dampfender Chai auf dem Tischchen neben meiner Liege und Hanna und Mila blätterten in Zeitschriften aus der Lesemappe des Frisiersalons. Sie waren in eine leise Diskussion vertieft.

»... ich weiß nicht, mir wäre das zu früh. Frau Frühauf denkt ja wohl, dass bei uns das Erste Mal unmittelbar bevorsteht, sonst würde sie nicht so viel Wert auf die Verhütungsmethoden legen, aber ehrlich, Mila, kannst du dir Kiwi beim Sex vorstellen?«

Mila kicherte. »Meinst du, Vanessa hat es mit Maxi gemacht?« Ich fuhr hoch.

»Was? Ihr glaubt, sie hat mit Maxi gepoppt?«

»Kann doch sein. Er ist ja schon fast achtzehn, ist das nicht normal?«

Hm, ein ziemlicher Draufgänger war er ja. Puh, da hatte ich ja vielleicht sogar richtig Glück gehabt. Ich wusste wirklich nicht, wie ich auf so etwas reagiert hätte. Überstürzen wollte ich mein Erstes Mal aber auf keinen Fall. Da hielt ich es wie Hanna, die ja so früh auch noch nicht mit Branko in die Kiste hüpfen wollte. Und wenn ich bedachte, dass ich Maxi noch gar nicht mal lange gekannt hatte ... Irgendwie fand ich es ganz gut, dass mir diese Entscheidung erspart geblieben war.

»Es muss halt der richtige Junge und der richtige Augenblick sein«, meinte Mila. »Dann passt es.«

»Sehe ich genauso«, meinte Hanna und lachte. »Aber irgendwann wird es uns ja auch erwischen, ich bin wirklich neugierig, wer die Erste sein wird.«

Das war ich zwar auch, meinte aber trotzdem: »Da machen wir jetzt aber besser keinen Wettbewerb draus, oder?«

Hanna und Mila brachen in lautes Gelächter aus.

»Nee, Kati, das machen wir nicht. Wir sind ja schließlich keine Vollhühner!«

»Trotzdem«, meinte Mila und imitierte den Tonfall von Frau Frühauf, »immer schön ein Kondomtütchen dabeihaben, man weiß ja nie! Und man soll ja auf seine Lehrer hören.«

Erneutes Gewieher.

Dann machte Mila einen Vorschlag. »Was haltet ihr davon, bei mir zu übernachten?«

Mir traten die Tränen in die Augen. Himmel, hatte ich heute aber nah am Wasser gebaut. Aber Mila war einfach zu lieb. Natürlich stimmte ich sofort zu und war total erleichtert, dass ich die Nacht nicht alleine mit meinem Frust über Maxi verbringen musste. Hanna und ich riefen schnell zu Hause an und die Sache war gebongt.

Wir machten einen zweiten Saunadurchgang und nach der Ruhephase zogen wir in Milas Zimmer um. Als wir den Saunabereich ein wenig aufräumten, kamen natürlich einige Erinnerungen hoch.

»Das war so geil, als du Kiwi mit dem Eisschlauch hier rausgescheucht hast«, sagte Hanna zu Mila, worauf sie grinsend sagte: »Aber ohne Markus hätte ich die Kerle hier nie wieder rausgekriegt, so zugedröhnt, wie die waren.«

»Ob Kiwis Nudel immer noch so erbärmlich schrumpelig ist?« Beide lachten, und weil ich Kiwi wirklich ganz lebhaft vor mir sah, wie er schützend die Hände über sein Geschlechtsteil legte, musste ich ebenfalls schmunzeln.

Die Welt war oft schlecht und gemein, aber sie war auch witzig, und wo Schatten war, da musste irgendwo auch Sonnenschein sein. Es kam nur darauf an, ihn zu finden, aber das war im Moment wirklich nicht so leicht.

Es war dann gut, dass Hanna auch da war, denn alleine mit Mila wäre die Situation schon ziemlich unerträglich für mich gewesen. Sie strahlte vor Glück, und zu wissen, dass ihr Glück mein Unglück bedeutete, milderte meinen Kummer nicht grade, sondern ließ auch noch zusätzlich ein wenig Neid bei mir aufkommen. Als die erste Erschütterung langsam nachließ, fragte ich mich natürlich, warum das Schicksal Vanessa nicht mit Markus, sondern mit Maxi verkuppelt hatte? Warum hatte Mila Glück gehabt und ich mal wieder Pech? Nicht dass ich ihr das Glück missgönnte, aber es war einfach ungerecht, dass es immer mich traf.

»Tut es doch gar nicht«, sagte Hanna darum auch

sofort, um gar nicht erst einen Missklang aufkommen zu lassen. »Denk doch nur mal daran, wie glücklich du noch warst, als Mila und ich den totalen Liebeskummer wegen Pit Winter und Branko hatten.«

»Und, hat das Glück bei mir lange gehalten?«, maulte ich. »Nee, hat es nicht! Das war doch voll die Verarsche! Ich hab genau wie jetzt gedacht, alles ist superschön, und in Wirklichkeit war ich längst die Betrogene. Was mache ich denn nur falsch?«

Mir kamen fast schon wieder die Tränen. Ich griff zu meinem Becher mit Chai. Der war normalerweise ein wirklicher Seelentröster, aber diesmal wirkte er bei mir leider gar nicht. Als Hanna dann auch noch gnadenlos realistisch sagte: »Du suchst dir halt immer die falschen Jungen aus«, da kriegte ich bereits die nächste Krise.

»Ich suche mir die aus?! Ja klar! Wenn du mir nicht Brian weggeschnappt hättest, wäre *ich* jetzt vielleicht mit ihm glücklich! Du vergisst wohl, dass ich ihn auf meine Geburtstagsparty eingeladen hatte, dass er *mein* Geburtstagsgeschenk vom Schicksal war, ich wollte zuerst was von ihm …«

»… aber er nicht von dir, Kati!«, schaltete sich Mila sofort schlichtend ein und sagte Bruce Darnell imitierend: »Das ist der Wahrheit!!!«

Und auch Hanna meinte: »Du machst dir wirklich manchmal etwas vor, Kati. Wenn dir ein Junge gefällt, dann denkst du immer gleich, dass der dich auch gut finden müsste. Aber das ist im Leben leider nicht so.«

Das ist im Leben nicht so! Na toll! Wie ist es denn im Leben? Solche Sprüche konnte ich heute ja gerade noch brauchen.

»Ich dachte, du bist meine Freundin, Hanna«, sagte ich frustriert. »Dabei bist du wohl nur hergekommen, um mich schlechtzumachen!«

Hanna streichelte mich, aber ich schüttelte ihre Hand ab.

»Ist doch so! Offenbar bin ich in euren Augen zu doof, um einen netten Jungen abzukriegen.«

»Bist du nicht«, wehrte Hanna ab. »Tobi ist doch ein ganz Süßer und Lieber. Du und er, ihr wart immer das absolute Traumpaar für uns.«

»Und trotzdem ist es schiefgegangen.«

»Ach Quatsch, Kati«, sagte Mila. »Man sieht doch, dass Tobi dich immer noch liebt. Warum sollte er wohl sonst eine Rose auf deinen Schultisch legen. Eine *rote* Rose!«

Ich zuckte mit den Schultern.

»Tobi?! Der wird doch auch nichts mehr von mir wissen wollen, wenn er erfährt, dass ich mit Maxi rumgeknutscht habe.«

»Kommt, Leute!«, sagte Hanna nun mit fester Stimme. »Lasst uns jetzt mal mit diesem jammervollen Pessimismus aufhören. Das bringt uns doch überhaupt nicht weiter. Wir müssen morgen früh in die Schule und es ist ein Englischtest angesagt. Das heißt, wir sollten dafür noch ein bisschen üben und dann bald schlafen gehen.«

Sie stand auf und machte ein paar Dehnübungen

und Mila schlug vor: »Wie wäre es mit einem kleinen Spaziergang vorm Abendbrot? Das macht doch laut Sprinter den Kopf am besten frei.« Hanna kicherte.

»Genau, und dabei denken wir dann mal über eure Zukunft nach, speziell über die Zukunft eurer Beziehungen. Denn so wie ich das sehe, ist Mila mit Markus ja auch noch zerstritten, kein Grund also für sie, jetzt schon Freudentänze aufzuführen.«

Mila sah sie erschüttert an. »Oh, Shit«, stieß sie hervor, »du hast ja recht. Da muss ich mir aber ganz schnell was Tolles zur Versöhnung einfallen lassen!«

Wir machten einen langen Spaziergang, bei dem wir den ganzen Beziehungsstress noch mal durchhechelten, lernten anschließend für den Englischtest und aßen dann ein paar Schnittchen, die Milas Mutter für uns gemacht hatte. Als Hanna und ich im Gästezimmer in den Betten lagen, sagte sie: »Mach dir keine Gedanken mehr, Kati. Wir finden schon einen Weg, wie wir die Sache mit Markus und Tobi wieder kitten können. Porzellan geht auch manchmal zu Bruch, aber mit dem richtigen Kleber kriegt man es prima repariert.«

Hm, da klang mir Hanna dann doch zu optimistisch. Gekittetes Porzellan war nie so schön wie vorher, es blieben immer sichtbare Spuren der Brüche und ich befürchtete, dass auch auf einer gekitteten Liebe Narben zurückbleiben würden.

Kapitel 9
Liebespfeile

Der nächste Schultag kam mir dann trotz der Unterstützung von Hanna und Mila wie ein Spießrutenlauf vor. Allein schon Vanessas Anblick brachte mich zum Speien. Wie erniedrigend war denn das, auf allen Plakatwänden der Stadt in verliebten Posen mit einem Typ zu sehen zu sein, der in Wirklichkeit der Freund einer anderen war.

»Aber Kati«, meinte Mila jedoch nach der Englischarbeit in der großen Pause. »Das ist ein ganz unprofessioneller Gedanke. Das ist doch normal. Die wenigsten Models oder Schauspieler haben eine Affäre mit ihren Partnern. Da ist das Business und ich wette, Maxi hat das genauso gesehen.«

»Ach ja, und deswegen hat er mir die Ohren vollgesäuselt und mit mir rumgeknutscht.«

Hanna grinste. »Typen wie er nehmen halt alles mit, was sie kriegen können. Ganz unverbindlich natürlich.«

»Hätte er mir das nicht mal sagen können?«

»Hast du ihn gefragt?«

»Nun hört auf«, verlangte Mila. »Wir brauchen keinen Streit, sondern gute Ideen, wie wir die Sache mit Markus und Tobi möglichst schnell wieder ins Reine bringen. Dieser Spannungszustand ist ja nicht mehr auszuhalten. Hat jemand einen Vorschlag?«

Ich schüttelte den Kopf, der im Übrigen noch voller englischer Vokabeln war. Puh, die Arbeit war nicht von schlechten Eltern gewesen. Hoffentlich hatte ich die nicht vergeigt. Gut, dass wir gestern bei Mila noch etwas geübt hatten.

»Ach übrigens, ihr denkt dran, dass mein Vater morgen kommt?«

»Was? Ich dachte, der kommt am Donnerstag«, sagte Hanna leicht panisch.

»Morgen ist Donnerstag.«

»Ach du Schreck! Also Leute, dann muss ich leider die Liebestherapie mal kurz verschieben. Frau Kallwass hat heute was anderes zu tun.« Und ohne noch eine weitere Erklärung abzugeben, stürzte Hanna zu Brian rüber, zerrte ihn vom Getränkeautomaten weg und textete ihn zu.

Wo sie heute Nachmittag zu finden sein würde, war klar: im B248, bei den Bandproben.

Ich musste mir das allerdings nicht antun. Erstens weil mich Brians Anblick nur wieder an eine meiner Niederlagen mit Jungs erinnern würde und zweitens weil ich noch total fertig war. So leicht ließ sich der Schock von gestern dann doch nicht wegstecken. Allerdings war ich froh, dass meine Freundinnen mich damit nicht alleinegelassen hatten.

So sagte ich zu Mila: »Du gehst ja sicher auch ins Jugendzentrum, aber mit mir rechnet heute mal nicht. Ich bin noch ziemlich fertig. Aber morgen, wenn dein Vater da ist, dann komme ich natürlich.«

So pilgerte ich nach dem Unterricht alleine nach Hause und fühlte mich von meinen eigenen Fotos auf Plakatwänden, Litfaßsäulen und Bussen verfolgt. Als dann noch ein paar Grundschüler mit ihren Heften hinter mir herrannten und um ein Autogramm bettelten, stand ich kurz vor einem Nervenzusammenbruch. Nee, ich war wirklich nicht für ein Promileben in der Öffentlichkeit geschaffen.

Als ich zu Hause ankam, war Felix total entsetzt. »Kind, wie siehst du denn aus?«, sagte sie sichtlich erschüttert. »Bist du krank? Dann hättest du aber nicht die Nacht bei Mila bleiben sollen.«

»Öh, gestern ging es mir noch gut«, versuchte ich ihre Sorgen zu zerstreuen, »wir, äh, haben vielleicht ein bisschen lange gequatscht. Kennst du ja. Und dann haben wir auch noch ganz lange für die Englischarbeit geübt.«

»Na, dann mach dich erst mal ein wenig frisch und komm dann zum Essen. Es gibt deine Lieblingsspaghetti.«

Na, das war doch mal eine aufbauende Nachricht. Ich brachte schnell meine Sachen in mein Zimmer und ging dann, wie von Felix empfohlen, ins Bad.

Na ja, so schlimm war es doch gar nicht. Die hätte mich gestern mal sehen sollen. Nee, war schon ganz gut, dass ich ihr in meinem Schockzustand nicht unter die Augen gekommen war. Und meinem Vater auch nicht. Ich wusch mir das Gesicht, bürstete meine »Engelshaare« und strich mir etwas vom Abdeckstift meiner Mutter über die dunklen Augenringe. So, passte schon.

Das Essen war wie immer wirklich lecker und steigerte mein Lebensgefühl ganz erheblich. Mein Vater war zudem bester Laune und erzählte die ganze Zeit von seinem Akupunkturlehrgang. Und da ihn das Thema wirklich ganz gefangen nahm, merkte er gar nicht, dass ich nicht so wirklich fit war. Taktvollerweise hielt meine Mutter sich diesbezüglich auch zurück und so konnte ich mit einem leckeren Nachtisch im Bauch, unbehelligt von weiterer elterlicher Sorge und Fürsorge, in mein Zimmer verschwinden. Puh, das war ja besser gelaufen, als ich gedacht hatte.

Ich warf mich auf mein Diwanbett und griff nach dem Fotoalbum, das unter meinem Nachttischchen lag. Ich schlug es auf.

Katis und Tobis Liebesalbum stand da auf der ersten Seite über einem Foto von Tobi und mir. Wir saßen mitten in einem Erdbeerfeld und steckten uns gerade gegenseitig eine Erdbeere in unsere rot verschmierten Münder. Ich wusste noch genau, wann das Foto entstanden war, und mir wurde ganz warm ums Herz. Ich leckte mir über die Lippen und dachte: Manchmal schmeckt das Glück nach Erdbeeren.

Ich blätterte weiter. Bilder von der Klassenfahrt,

vom Paddeln auf dem Stadtweiher mit Picknick, ein paar gepresste Rosenblätter ...

Ich klappte das Album zu, drehte mich auf den Rücken und starrte an die Decke. War das Liebe?

Am Donnerstagnachmittag ging ich dann auch ins B 248, um die Performance von Hanna und Brians Band mitzuerleben. Mila stellte mir sofort ganz stolz ihren Vater vor, und als der sich in den Probenraum begab, sagte sie mit einem total glücklichen Gesichtsausdruck: »Heute am Abend gehen wir alle drei zusammen essen. Er hat meine Mutter und mich eingeladen.«

Das klang ja wirklich verheißungsvoll und ich versprach Mila, die Daumen zu drücken, damit sich ihre Eltern diesmal richtig gut verstanden.

»Um acht Uhr«, sagte sie, »wenn du dann wieder zu Hause bist und etwas Zeit für deine Freundin hast, könntest du ja vielleicht einen kleinen Liebeszauber ...?«

Ich glaubte es ja nicht! Mila, diese gnadenlose Realistin, bat mich um einen Liebeszauber für ihre Eltern? Da musste es ihr aber sehr ernst sein. Ich grinste. »Klar, mache ich, so viel Zeit muss sein!«

Zusammen gingen wir dann in den kleinen Saal und hörten Hanna und Brians Band zu.

Ich war ja nicht wirklich musikalisch, aber ich liebte Hannas Stimme, Milas Texte und Brians coole Schlagzeugsolos und so vergaß ich für eine Weile meine Probleme und fieberte mit meinen Freunden mit. Es wäre ja so toll, wenn van Dalen wirklich eine CD mit ihnen herausbringen würde.

Warum schaust du mich so an,
dass ich nicht mehr atmen kann …
Warum tust du mir das an …
ist das Liebe?

Ich schielte zu Mila rüber und fragte mich wieder einmal, wie sie das machte, solche Songs zu schreiben. Wie konnte sie so genau ausdrücken, was ich ebenfalls fühlte, aber nie mit einer auch nur annähernd so klaren Aussage zu Papier bringen könnte? Ein wenig beneidete ich sie schon um diese Gabe, denn was hatte ich denn Vergleichbares? Nichts. Ich konnte nicht dichten, nicht singen, ja ich konnte nicht mal beim Tanzen den Takt halten, obwohl ich besonders gerne tanzte. Ich war einfach nur untalentiert. Aber dann sagte eine Stimme tief drinnen in mir laut und deutlich: »Du spinnst, Kati, außerdem bist du total undankbar!« Tja, und dann fiel mir ein, dass ich von unzähligen Plakatwänden herablächelte und Kinder und alte Leute von mir Autogramme haben wollten, und da hatte ich plötzlich das Gefühl, auch ein Talent zu haben, und das war ein wirklich schönes Gefühl.

Zu Hause holte ich dann mein Hexenbuch hervor und suchte darin nach einem speziellen Elternverkuppelungszauber. Fehlanzeige. So etwas gab es nicht. Hm, ich konnte Mila doch nicht hängen lassen. Schließlich hatte ich es ihr versprochen. Was also tun? Da musste ich wohl ein weiteres meiner verborgenen Talente aktivieren und mir selber einen Zauber ausdenken. Aber warum nicht? Ich war schließlich eine echte Hexe, die auf dem Hexentanzplatz in Thale die Vollmondweihe empfangen hatte. Also kramte ich auch meinen kleinen Hexenkessel aus seinem Versteck, bröselte Rosenblätter hinein, schrieb ein paar Liebesformeln auf Birkenrinde und fügte sie ebenfalls hinzu. Dann besprühte ich alles mit etwas Rosenöl und zündete es an. Dabei murmelte ich beschwörend: »Senkt Milas Mutter und Milas Vater die Liebe zueinander ins Herz!«

So ein kleiner Zauber konnte gewiss nicht schaden und schließlich hatte Mila mich ja selber darum gebeten.

Am nächsten Morgen traf ich Mila schon vor dem Schultor und brauchte sie gar nicht fragen, ob meine Hexerei erfolgreich war. Ihre Augen strahlten wie die Lämpchen an einer Lichterkette und sie sagte glücklich: »Kati, das war der schönste Abend, den meine Mutter seit Jahren gehabt hat. Wir haben ganz, ganz toll gegessen, im besten Restaurant der Stadt, und dann hat Mam meinen Vater noch auf einen Kaffee zu uns eingeladen und...«, sie senkte die Stimme, »... er ist die ganze Nacht geblieben und er ist immer noch da...«

»Nein, ich werd ja nicht mehr!«, rutschte es mir heraus. »das ist ja genial!« Und bei mir dachte ich, dass ich zwar nicht dichten, tanzen und singen konnte, aber offenbar eine verdammt gute Hexe war. Aber das behielt ich besser für mich. Magie wirkte immer noch am besten im Geheimen.

Als Hanna zu uns stieß, war sie genauso glücklich, denn van Dalen hatte sie und die Band tatsächlich nach Berlin zu Studioaufnahmen eingeladen, und diesmal sollte nicht nur eine Demo-CD, sondern eine richtige Single aufgenommen werden. »Und ein Video für *VIVA* soll auch gedreht werden«, sagte sie noch völlig aus dem Häuschen. Klar, dass sie gleich mit Mila zu Brian abdüste. So stand ich plötzlich ganz alleine im Treppenhaus, als Markus auflief.

»Na, so einsam, Kati?«, fragte er in leicht ironischem Tonfall. »Keine Fans, die sich nach einem Autogramm von dir drängen?«

Blödkopf, dachte ich zwar sogleich, aber eigentlich machte mir sein dummer Spruch gar nichts mehr aus. Und weil niemand anders in der Nähe war, ging ich mit ihm zusammen die Treppe rauf und nutzte die Gelegenheit, mit ihm über Mila zu sprechen.

»Du weißt schon, dass sie dich liebt«, sagte ich ohne weitere Einleitung, denn ewig lang war die Treppe schließlich nicht. Er blieb stehen und sah mich mit dem dümmlichsten Gesichtsausdruck an, den ich je bei einem Jungen – Kiwi und Knolle ausgenommen – gesehen hatte.

»Wer, äh, sagtest du, liebt mich?«

»Na, Mila natürlich.«

»Äh, ja und was, äh, geht es dich an?«

»Nichts eigentlich, aber sie ist meine Freundin und sie ist total unglücklich.«

Markus guckte an mir vorbei ins Nirgendwo. »So, ist sie das?« Seine Stimme klang unsicher. »Und was hat das mit mir zu tun?«

»Du könntest das ändern. Soweit ich es sehe, bist du genau genommen der Einzige, der sie wieder glücklich machen könnte.«

Ich ging weiter die Treppe rauf. Markus folgte mir.

»Und wie soll das gehen?«

Ich zuckte die Schultern. »Keine Ahnung, lass dir was einfallen.«

»Genau«, sagte Rumpelstilzchen, der uns auf dem Treppenabsatz über den Weg lief und offenbar meine letzten Worte mitgehört hatte. »Ein Mann sollte selber wissen, was er zu tun und zu lassen hat.«

Liebes Lieschen, mit dieser Schützenhilfe hatte ich nun wirklich nicht gerechnet.

»In die Klasse, die Herrschaften«, knurrte Rumpelstilzchen aber gleich wieder in altgewohnter Weise, »aber etwas zügig, wenn ich bitten darf, ich möchte mit dem Unterricht beginnen!«

Am Wochenende hatte ich mich mit Hanna und Mila zum Kino verabredet. Wir guckten einen Liebesfilm mit Kate Winslet und Leo DiCaprio und fanden, dass *Titanic* sehr viel schöner gewesen war. Jetzt gifteten die beiden sich irgendwie nur noch an. Um das besser zu verdauen, gingen wir noch eine

Latte macchiato trinken und natürlich kamen wir dann wieder auf unsere eigenen Liebesprobleme zu sprechen. Die allerdings schienen sich, zumindest was Mila anging, langsam in bunten Rauch aufzulösen.

Ihr Vater war nach Berlin zurückgedüst und ihre Mutter schien happy zu sein, weil Milas Vater sie alle beide nach Berlin eingeladen hatte.

»Und diesmal fahren wir auch wirklich!«, sagte Mila.

Außerdem hatte Markus ihr eine E-Mail geschrieben, und zwar unter dem Decknamen *Pegasus*.

Na, wenn das nicht einer Liebeserklärung gleichkam!

»Wir treffen uns heute Abend im Park und dann gehen wir zu einem Rockkonzert ins Harlekin«, sagte Mila, »das wird soooo toll!«

Das konnte ich mir vorstellen, das Harlekin war nach wie vor die ultimativ steilste Disko für junge Leute und die Konzerte dort waren legendär und eigentlich immer ausverkauft.

»Hat er denn Karten?«, fragte ich aus diesem Gedanken heraus. Mila nickte. »Hat er, zwei, er hat mich eingeladen.«

Na, dann konnte ja kaum noch was schiefgehen.

Das sah Hanna auch so, und weil ich wohl ein wenig frustriert schaute, sagte sie: »Ach ja, Kati, was ich dir noch sagen wollte: Tobi wollte wirklich nichts von Frau Frühauf. Also so von wegen Schwärmerei und Verknalltsein. Er hat echt nur etwas geschleimt, weil er doch die Bioarbeit voll in den Teich gesetzt hat und auch im Exkursionsbericht eine Fünf hatte. Hat er mir selber gesagt.«

»Und warum sagt er das *mir* dann nicht? Ich hätte ihm doch helfen können.«

»Das war ihm garantiert peinlich«, meinte Mila. »Du weißt doch, er ist so ein Sensibelchen und ...«, sie kicherte albern, »... ich glaube, er hat gehofft, auch noch ein paar private Tipps dabei abstauben zu können.«

»Private Tipps? Inwiefern denn das?« Nun stand ich aber auf dem Schlauch. Hanna und Mila kicherten jetzt beide, aber diesmal klang es etwas verlegen.

»So wegen Erstes Mal ... Liebe machen und so ...«, sagte Mila.

»WAS? Da denkt der doch nicht etwa an mich?!«

Hanna grinste breit. »Ich glaube schon.«

Ach herrje!

Irgendwie ist mit des Geschickes Mächten aber wirklich kein ewiger Bund zu flechten. Dieser hier, der mir ein paar Sonnenstrahlen in meine triste Liebeskummerwelt geschickt hatte, hielt nicht mal zwei Tage.

Luschen, da oben im Olymp!

Ich war mit Mila trotz meiner Bedenken doch wieder zur Tanz-AG gegangen und fand mich außerordentlich tapfer und stark, weil ich Vanessa gegenübertreten konnte, ohne ihr die Augen auszukratzen und ihr das falsche Herz aus der Brust zu reißen. Aber das war ja nur die äußere Hülle von Kati, die da tanzte und ausnahmsweise mal in jeder Hinsicht Takt bewies. Innerlich tobte in mir nach wie vor ein Chaos. Da war ich tödlich beleidigt und emotional aufgewühlt und hätte es ohne den Beistand meiner Freundin Mila vermutlich keine zwei Minuten mit Vanessa im selben Raum ausgehalten. Schon im Unterricht war mir diese Zwangsgemeinschaft zuwider, aber freiwillig AG-Stunden mit der zu schieben, das hätte ich ohne Mila in dieser Situation wirklich nicht über mich gebracht. So eine falsche Schlange!

Aber dann war das Tanzen doch sehr schön, ich ließ mich einfach mal in die Musik und die Schrittfolgen fallen, ohne ständig zu überlegen, welcher Fuß denn wohl dran war, und fand plötzlich einen ganz neuen Zugang dazu. Das merkte auch Frau Berger, denn sie lobte mich mehrmals hintereinander und sagte schließlich sogar: »Kati, rück doch mal neben Mila in die erste Reihe vor. Ich glaube, bei dir ist wirklich der sprichwörtliche Knoten geplatzt. Du tanzt ja heute richtig gut. Da musst du dich nicht in der hinteren Reihe verstecken.«

Das freute mich natürlich sehr, besonders weil Carmen mir einen total neidischen Blick nachschickte, als ich nach vorne rückte. So, der hatte ich es jetzt aber mal gezeigt! Doch meine Freude sollte nicht lange anhalten.

Als wir nämlich die Turnhalle verließen, stand Maxi vorm Eingang und Vanessa stürzte sich sofort in seine Arme und knutschte ihn ab.

Das war mehr, als ich im Moment ertragen konnte. Ich drehte mich auf dem Absatz rum, warf Mila ein kurzes »Ciao« zu und rannte davon.

Während ich davonhetzte, fragte ich mich jedoch, ob nicht im Schatten der Säule vor der Turnhalle noch ein anderer Junge gewartet hatte. Aber als ich Tobi rufen hörte: »Kati, Kati, bleib doch mal stehen!«, da war es für eine Umkehr zu spät. Da hätte ich mich ja vor Maxi und Vanessa total peinlich gemacht. Merde!

Mila schickte mir dann auch gleich eine SMS.

Warum bist Du denn so schnell abgehauen? Tobi wollte Dich abholen. Jetzt ist er total gefrustet. Du stellst deinem Glück aber auch selbst ständig ein Bein. Bussi, Mila

Tja, den Eindruck hatte ich ebenfalls, und es tat mir ja auch für Tobi total leid. Es wäre sicher gut gewesen, wenn wir uns getroffen und endlich mal ausgesprochen hätten. Obwohl mir der Anblick von Maxi und Vanessa fast das Herz zerrissen hätte. Ich konnte ihn echt keine Sekunde länger ertragen. Und weil das so war, fragte ich mich zum hundertsten Mal, ob ich Tobi überhaupt noch lieben konnte. Ich hatte ihn betrogen, und wenn man seinen Freund betrog, dann war das doch meist ein Zeichen dafür, dass in einer Beziehung nicht mehr alles stimmte, dass irgendetwas fehlte. Aber anderseits hatte meine unbegründete Eifersucht auf Frau Frühauf ja auch eine Rolle dabei gespielt und ... meine Rachegedanken.

Ich hatte es Tobi mit Maxi mal so richtig zeigen wollen! Renn doch hinter Frau Frühauf her und nenn mich Bohnenstange, es gibt genug andere Jungen, die sich für mich interessieren! Doch echt, wenn die Sache mit Frau Frühauf nicht gewesen wäre, hätte ich mich auch nicht mit Tobi zerstritten und dann wäre es mit Maxi garantiert gar nicht so weit gekommen. Immerhin schlug ich ja sonst die Warnungen meiner Freundinnen nicht so einfach in den Wind. Und wahllos herumknutschen tat ich auch nicht.

Ich beschloss, bei Felix im Laden vorbeizugehen und ein bisschen Tee zu schnorren. Vielleicht hatte sie ja auch etwas gegen Gefühlschaos und Liebeskatastrophen. Außerdem konnte ich sie da gleich mal was fragen.

Felix freute sich sehr über meinen Besuch, merkte aber natürlich sofort, dass mich etwas bedrückte. Man konnte sie einfach nicht hinters Licht führen. Na ja, deswegen hatte sie ja auch diesen Esoterikladen, weil sie ohne Worte spürte, was ihre Kundinnen brauchten, was ihrer Seele guttat. Mir tat erst mal ein Aufguss mit einer wunderbaren Kräutermischung gut und dann ein vertrauensvolles Mutter-Tochter-Gespräch. Ich beichtete ihr meinen Kummer mit Maxi und hatte den Eindruck, dass meiner Mutter ein gehöriger Stein vom Herzen fiel, als sie hörte, dass Schluss war zwischen uns und Tobi sich wieder um mich bemühte.

»Aber ich fürchte, als ich heute weggelaufen bin, habe ich ihn einmal zu viel vor den Kopf gestoßen.

Dauernd will sich ein Junge ja auch nicht zum Affen machen lassen.«

Felix lächelte mich lieb an und nahm meine Hand. »Kati, wenn er dich wirklich liebt, wird er schon einen Weg zu dir finden.«

Und den fand er tatsächlich.

Es war schon spät am Abend und ich lag bereits lesend im Bett, als plötzlich etwas durch mein offenes Fenster geflogen kam. Ich dachte erst, es wäre ein verirrter Vogel. Tatsächlich war mein Eindruck von Federn auch gar nicht so verkehrt, aber es waren die eines Indiacas. Einer von diesen Handfederbällen aus Leder und Federn, mit denen schon die alten Inkas oder Mayas zwischen ihren sagenumwobenen Tempeln gespielt hatten, lag einfach auf meinem indischen Teppich. Genau unter dem offenen Fenster. Erst fand ich es ja etwas unheimlich, so als wäre das Ding geradewegs durch Raum und Zeit zu mir geflogen. Aber dann stand ich auf, bückte mich und hob das seltsame Wurfgeschoss auf. Es fühlte sich ganz konkret an und so war alles Mystische mit einem Schlag verflogen. Welche blöden Gören spielten denn so spät abends noch Indiaca?, fragte ich mich. Und dann noch im Regen und so unachtsam, dass sie mir das Ding ins Zimmer semmelten? Ich wollte das Corpus Delicti gerade entsorgen und wieder aus dem Fenster werfen, als mir auffiel, dass ein rosa Seidenband mit einer Schleife unterhalb der Federn darumgebunden war.

Hm, das sah irgendwie nicht nach den Kindern aus der Nachbarschaft aus. Sollte jemand mit Absicht das Ding in mein Zimmer geworfen haben? Hoffentlich war das keine Drohung oder ein verkleideter Knallfrosch. Aber danach sah ein rosa Schleifenband ja eigentlich nicht aus. Ich band es mit leicht zitternden Händen auf und hielt ein feines Stück Leder in der Hand, auf das mit schöner Schrift geschrieben stand: »Dein Romeo steht vor der Tür und bittet um Einlass in dein Herz.« Schluck! Das war ja megaromantisch. Ich stürzte ans Fenster. Hoffentlich war der Werfer noch da!

Tatsächlich, da stand vom Licht der Straßenlaterne sanft beleuchtet eine Gestalt im strömenden Regen vor dem Haus. Nein, das gab es doch nicht! Das war ja Tobi! In seinen Armen hielt er einen riesigen Strauß roter Rosen. Der musste ja sein komplettes Taschengeld für die nächsten Monate verschlungen haben.

Als er mich auf dem Balkon entdeckte, rief er halblaut, um niemanden zu wecken: »Ka, ka, Kati? Ka, ka, kann ich raufkommen?« Dabei klapperten seine Zähne vor Kälte. Es wäre wirklich herzlos gewesen, ihn noch länger »Kaka« rufen zu lassen oder ihn gar wieder wegzuschicken, nur weil es nicht die passende Besuchszeit war.

»Okay, aber leise ... und äh ... wirf erst mal die Rosen hoch.«

Weil es mit dem ganzen Strauß auf einmal nicht klappte, fing Tobi an, jede Rose einzeln zum Balkon hochzuwerfen. Wie Liebespfeile kamen sie angeflogen, bis ich schließlich in einem kleinen Rosenmeer stand. Das war ja soooo romantisch, zumal Tobi auch noch zu jeder Rose einen lieben Spruch mitschickte: »Die ist für meine Angebetete …«, rief er leise bei der ersten Rose und so ging es weiter: »Diese ist für das schönste Mädchen der Welt … die für deine blauen Augen … für den süßesten Kussmund … das goldenste Haar … die Romantik … das ewige Glück … unsere Liebe!«

Das war die letzte Rose, ich fing sie auf, und als ich die anderen Rosen aufgesammelt hatte, kam endlich auch Tobi selbst. Na ja, fast. Erst mal rutschte er von den glitschigen Mauervorsprüngen der Zierbrüstungen des Hauses ab und semmelte sich lang hin. Er stöhnte theatralisch auf, hielt sich den Knöchel und hüpfte wie ein Derwisch auf einem Bein im Kreis herum. Liebes Lieschen! Wenn Romeo sich so angestellt hätte, wäre der Zwist zwischen den Capulets und den Montagues völlig überflüssig gewesen, weil Julia nämlich die Geduld verloren hätte und es nie zu der romantischen Balkonszene gekommen wäre.

Aber okay, Romeo war Geschichte und ich geduldiger. Tobi schaffte es schließlich doch, an der Hauswand hochzuklettern und ich zog ihn wie eine nasse Katze über das Balkongeländer. Gott, war der Knabe glitschig, der flutschte mir ja fast aus den Händen.

»Zieh bloß erst mal die nassen Klamotten aus«, befahl ich und stellte, während er sich entblätterte, die Rosen in die größte Vase, die ich in der Wohnung auftreiben konnte. Meine Herren! Nur gut, dass meine Eltern heute im Theater waren.

Als Tobi dann bibbernd, mit geschwollenem Knöchel, triefnassen Haaren und außer mit einer Gänsehaut nur noch mit seiner Boxershorts bekleidet mitten in meinem Zimmer stand, da sah er einfach nur erbarmungswürdig aus. Eine riesige Welle Mitleid schwappte mir ins Herz.

»Ins Bett mit dir«, kommandierte ich weiter, aber mein Tonfall war diesmal liebevoll besorgt. Das spürte Tobi wohl auch und so krabbelte er in mein Bett und zog sich die Decke bis unter die Nasenspitze. Ich hockte mich auf die Bettkante.

»Komm doch auch rein«, sagte er leise. »Ich, ich tu dir auch nichts.«

Gott, wie süß!

»Nur ein bisschen kuscheln ... aber nur, wenn du willst.«

Wollte ich. Wollte ich plötzlich ganz doll und so schlüpfte ich zu ihm unter die Decke. Wir küssten uns und knuddelten und brauchten auf einmal gar keine Worte mehr, um uns unsere Dummheiten gegenseitig zu verzeihen.

Aber es war dann doch schön, als Tobi zärtlich flüsterte: »Kati, ich habe dich immer geliebt, aber nie so sehr wie in diesem Augenblick.«

Ich seufzte glücklich, und als ich die Augen schloss, um zum ersten Mal in meinem Leben in den Armen eines Jungen einzuschlafen, war ich wirklich froh, dass dieser Junge Tobi und nicht Maxi war, denn dem hätte ich nicht so rückhaltlos vertraut.

»Danke, liebes Schicksal«, murmelte ich leise.

»Was hast du gesagt, Kati?«

»Nichts ... äh ... doch ... Ich liebe dich auch, Tobi.«

»Und?«, fragte ich Mila am Montagmorgen vor der Schule, »wie war's?«

Sie lachte. »Super und bei dir?

»Auch super. Wir haben zusammen geschlafen.«

Mila war sichtlich verblüfft. »Wow! Du gehst aber ran! Und? Noch Jungfrau?«

Ich kicherte. »Na klar, und du?«

Bei Thienemann von Bianka Minte-König in der Reihe »Freche Mädchen – freche Bücher!« ebenfalls erschienen:

Hanna, Mila, Kati:
1 – Handy-Liebe/Mobile Phone Love
2 – Hexentricks & Liebeszauber
3 – Liebesquiz & Pferdekuss
4 – Liebestrank & Schokokuss
5 – Superstars & Liebesstress
6 – Liebestest & Musenkuss
7 – Liebeslied & Schulfestküsse
8 – SMS & Liebesstress

Leonie und die Wilden Rosen:
1 – Liebe ... ganz schön peinlich
2 – Liebe ... total verrückt
3 – Liebe ... voll chaotisch

Kiki und die Pepper Dollies:
1 – Schulhof-Flirt & Laufstegträume/
Schoolyard Flirt & Catwalk Dreams
2 – Knutschverbot & Herzensdiebe/
Kissing Ban & Stolen Hearts
3 – Liebesfrust & Popstar-Kuss
4 – Jungs & andere Katastrophen
5 – Liebesschwüre & andere Katastrophen

Vinnie und der Milchschnitten-Club:
1 – Generalprobe
2 – Theaterfieber
3 – Herzgeflimmer

Minte-König, Bianka:
Freche Flirts & Liebesträume
ISBN 978 3 522 50086 9

Reihen- und Einbandgestaltung: Birgit Schössow
Schrift: Stempel Garamond
Satz: KCS GmbH, Buchholz/Hamburg
Reproduktion: Medienfabrik, Stuttgart
Druck und Bindung: Friedrich Pustet, Regensburg
© 2009 by Thienemann Verlag
(Thienemann Verlag GmbH), Stuttgart/Wien
Printed in Germany. Alle Rechte vorbehalten.
5 4 3 2 1° 09 10 11 12

www.thienemann.de
www.frechemaedchen.de
www.biankaminte-koenig.de

Freche Mädchen – freche Bücher!

von Bianka Minte-König

Vinnis turbulentes Liebesleben

1 – Generalprobe
272 Seiten · ISBN 978 3 522 50122 4

2 – Theaterfieber
192 Seiten · ISBN 978 3 522 50022 7

3 – Herzgeflimmer
192 Seiten · ISBN 978 3 522 50110 1

Kiki im Liebeschaos

1 – Schulhof-Flirt & Laufstegträume
208 Seiten · ISBN 978 3 522 50096 8

2 – Knutschverbot & Herzensdiebe
208 Seiten · ISBN 978 3 522 50029 6

3 – Liebesfrust & Popstar-Kuss
208 Seiten · ISBN 978 3 522 50046 3

4 – Jungs & andere Katastrophen
192 Seiten · ISBN 978 3 522 50023 4

5 – Liebesschwüre & andere Katastrophen
224 Seiten · ISBN 978 3 522 50097 5

Freche Mädchen – freches Englisch!

1 – Schoolyard Flirt & Catwalk Dreams
224 Seiten · ISBN 978 3 522 17806 8

2 – Kissing Ban & Stolen Hearts
224 Seiten · ISBN 978 3 522 17975 1

Bianka Minte-König und Gwyneth Minte

1 – Meine Liebe – deine Liebe
224 Seiten · ISBN 978 3 522 50018 0

www.thienemann.de
www.frechemaedchen.de

Freche Mädchen – freche Bücher!

von Bianka Minte-König

Leonie sucht das Glück

1 – Liebe … ganz schön peinlich
224 Seiten · ISBN 978 3 522 50030 2

2 – Liebe … total verrückt
224 Seiten · ISBN 978 3 522 50123 1

3 – Liebe … voll chaotisch
224 Seiten · ISBN 978 3 522 50103 3

Hanna, Mila und Kati im Liebesstress

1 – Handy-Liebe
192 Seiten · ISBN 978 3 522 50102 6

2 – Hexentricks & Liebeszauber
192 Seiten · ISBN 978 3 522 50116 3

3 – Liebesquiz & Pferdekuss
208 Seiten · ISBN 978 3 522 50036 4

4 – Liebestrank & Schokokuss
208 Seiten · ISBN 978 3 522 50058 6

5 – Superstars & Liebesstress
208 Seiten · ISBN 978 3 522 50051 7

6 – Liebestest & Musenkuss
192 Seiten · ISBN 978 3 522 50038 8

7 – Liebeslied & Schulfestküsse
192 Seiten · ISBN 978 3 522 50034 0

8 – SMS & Liebesstress
192 Seiten · ISBN 978 3 522 50035 7

Freche Mädchen – freches Englisch!

1 – Mobile Phone Love
208 Seiten · ISBN 978 3 522 17687 3

www.thienemann.de
www.frechemaedchen.de